奧蘭德・利夫
約翰・溫高德
亞歷山
貝菈・列
史諾菲爾德市警
二十八人的怪物

希波呂忒
銀狼
恩奇都
伊絲塔
阿爾喀德斯
巴茲迪洛·柯狄里翁
登峰造極的狂信者
西格瑪

Fate strange Fake

5

成田良悟
Narita Ryohgo

插畫／森井しづき
原作／TYPE-MOON

Illustration:Morii Siduki
Original Planning:TYPE-MOON

Kadokawa Fantastic Novels

一八四二年　夏　地中海海域上

水面承載著燦爛且強烈照射的陽光，平穩的波浪相互相依。

一艘船隻划碎水面的光輝，向前駛進。

這艘船雖然難以形容為豪華，仍是一艘有著與外觀相符之氣派、魄力的帆船。船上一名男人高聲問道：

「……那座島是什麼島？」

在男人視線前方，有一座島的形影。

那座島有著美麗的坡緩島形，卻也有混雜淡綠的黃褐色岩石外表，是座單調的島嶼。

「喔，那座島啊……大爺，那座島什麼也沒有啊，就只是座無人島。」

聽到附近船員的回答，男人頗有興趣地詢問船員：

「哦？可是我看到島上有疑似建築物的東西，真的沒人嗎？」

「咦？呃……有嗎？其實我壓根兒不清楚呢。以前也沒有刻意靠船去看過……的確，那個到底是什麼呢？」

歪頭疑惑的船員回頭繼續作業後，交替船員靠過來的，是一個單手拿著酒杯的男人。

「怎麼啦，兄弟？你愛上那座島了？」

這個男人穿著得體，並且體態均勻。雖然有一副穩重的長相，但其雙眸底下似乎盪漾著莊嚴的知性光輝。

「不過，奉勸你還是別迷上什麼島嶼、大海的吧。那些可是一旦惹毛就會很恐怖，一有破綻就會害你一貧如洗的可怕女人喔。也說不定是男人啦。」

男人聳肩說道。起初望著島嶼的男人搖搖頭，回道：

「……相遇頭一天就叫我為『朋友』，才想說去程的船上聽到你喊我『摯友』，結果回程就直呼我『兄弟』了喔，『王子大人(Prince)』？讓別人聽到了，會喊我觸犯不敬罪，朝我扔石頭啊。」

「什麼話？我雖然對你懷有朋友、摯友以上的親愛之情，但若要以男女關係之外的別種感情來形容，我已經只能當你是一起長大的同胞啦。」

被稱為王子大人的男人，輕鬆地一口飲盡玻璃杯中的液體，意有所指地笑道：

「反正，你從一開始就沒對我懷有那種形式上的敬意，對吧？」

「嗯，用文章來形容，就是在以較為平易近人的表現與你交談。要改用書信般的正統方式交談嗎？」

「社會大眾會真摯表現出敬意的對象不是我，而是像你這種……能帶給他人喜悅的人才對。

至少就我而言，我無法做到帶給大眾喜悅，就像那齣浪漫派戲劇《鍊金術師》或者小說《阿芒達爾騎士》給人的快樂呢。能完成這偉業的人只有亞歷山大．仲馬──只有你，別人辦不到。不是我這個區區前皇帝姪兒身分的人辦得到的事。」

被用可謂過頭的措詞奉承的男人──亞歷山大．大仲馬對於眼前的男人，只能搖頭苦笑。

「饒了我吧。居然能獲得那位著名的皇帝陛下拿破崙．波拿巴的姪兒殿下如此讚譽。雖然感激，但請務必別讓我在剛才那座島上過起軟禁生活啊。」

讓大仲馬這麼說道的對象──拿破崙．約瑟夫．查爾斯．保羅．波拿巴配合船身的搖晃，愉快地揚起嘴角。

他是那名法國皇帝拿破崙一世的姪兒，相當於拿破崙三世的堂兄之存在。

由於父親傑羅姆是曾經存在過的威斯特伐倫王國之國王，所以他擁有「王子」、「Plon-Plon」的渾名，是名十九歲的年輕人。

他與當時已是最暢銷作家的大仲馬，在義大利旅行的時候結為知己，並在傑羅姆的勸薦下與大仲馬一同前赴厄爾巴島。他們在那座曾為約瑟夫伯父的拿破崙一世遭到放逐的島上享受完狩獵之趣後，現在正搭著回程的船，隨著海浪顛簸起伏。

「我說啊，兄弟，我想問問你……」

約瑟夫露出溫和的笑容，朝著比他年長超過二十歲以上的大仲馬問道：

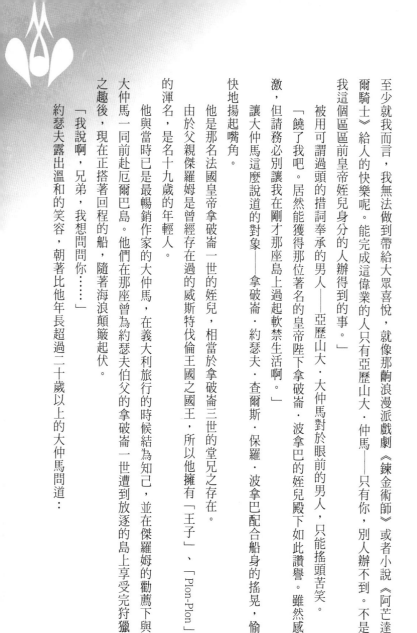

「你都不會恨我的伯父嗎？」

聽完，大仲馬聳肩回答：

「哈哈！你倒是說說看，我這人是要恨那位法國皇帝拿破崙閣下的什麼啊？」

「我聽說令尊遭到我伯父嚴重的冷遇。也聽說他拒絕令堂提出的年金申請。」

「行了行了，都過去的事。這個嘛，對啦，那些事害我過了很長的貧困生活，也害我媽受盡辛勞呢。我甚至覺得，就算我代替老媽揍他一頓也不會遭天譴。不過……」

大仲馬思考一會兒後，一邊眺望島影一邊慢慢地羅列出話語：

「我好像沒說過，我曾經見過你的伯父……見過拿破崙一世吧。」

「這還是第一次聽到。」

「我不記得那個時候的我滿十三歲了沒。我去觀摩了那個男人的凱旋遊行。」

話至此時出現少許的停頓，船身大大地傾斜。

「那時，我懷裡還藏著手槍呢。」

「……」

利用浪濤聲間的空檔所道出的一句話，彷彿戲劇的一幕般重重震盪了約瑟夫的耳朵，但是他沉默不語地繼續聽下去。

「本來我打算要與他決鬥，還想將白手套扔進他搭乘的馬車喔。是皇帝陛下汙辱我的老爸老媽在先，那由我挑選武器很合理吧？」
「但是我伯父沒有死在那裡，偉大的作家也像這樣仍然活著。」
「是啊。當四周人潮都在高呼『皇帝萬歲』的時候，我一定是用一副亡魂般的表情靠近他吧。我從馬車的縫隙間看到一張蒼白的臉，是一個不受周圍吵雜影響，因為戰爭的疲憊而精疲力盡的矮子。看，多簡單。再來只要將代替決鬥書的白手套扔出去就可以了。要是那天我有完成那種事，他一定會下令周圍的士兵攻擊我，不是殺死我就是驅逐我，絕對沒錯。但是，那傢伙無疑會對決鬥逃之夭夭。那傢伙最好被城裡的人們恥笑是逃避與小鬼決鬥的皇帝陛下！……像這樣想著這些而感到暈眩，臉色比那個皇帝更蒼白的貧窮小鬼，你覺得他在下一瞬間取出白手套後做了什麼？」
配合著船隻的搖晃，有節奏地、彷彿在舞台上唱出台詞的演員般，大仲馬朗朗地繼續闡述自己的過去。
「……答案是，不斷揮甩著那隻手套啊。他將原先預定要扔出去的東西舉得老高，回過神時已經在和四周的民眾一起高呼『皇帝萬歲』了……是的，王子大人。你的伯父的確是位英雄，但是另一方面也受到很多人憎恨。除了我以外，想朝皇帝扔手套的傢伙肯定要多少有多少。不打算靠決鬥，想直接將子彈射進馬車裡的傢伙，想必也能聚集一大群。但是，那些一丘之貉仍讓那臉色蒼白而疲倦的男人沐浴於喝采之中。雖然我不清楚是什麼讓他們願意這麼做，但是那位陛下的確是人民的夢想，是他們的憧憬啊。察覺到了這件事，我就再也無法下手了。能一副沒事般地將槍口朝向憧憬對象的人，只有優秀的士兵。但是，我肯定不是士兵。正因為他讓我察覺到這件事，我現在才能以筆代替槍，繼續奮戰下去。」

這段漫長的台詞以嚴肅開始，最後以輕鬆的狀況結束。大仲馬闔上一隻眼睛，向比自己年輕超過二十歲的友人淡淡一笑。

「那麼，用這種方式描述，有稍微符合你的期待嗎，王子大人？」

「剛才所說的都是你的創作吧，兄弟？」

「是不是呢？不過，要是有想做那種事情的傢伙在，我既不會肯定對方，也不會予以否定，就是這麼回事啦。真相在有趣的謊言面前是暗淡無光的。反過來說，就算有用煮的、用烤的都很難吃，名為真實的肉存在，只要先用歷史調味過，擺著醒個幾年後再撒上一點點名為謊言的調味料，也會變成稍微能入口的玩意兒啦。」

看著如此述說的大仲馬，好像比闡述他自己的過去時更為快樂，約瑟夫傻眼地說道：

「但是，變成這樣也會令人在意肉的真正味道喔，兄弟。」

「這個狀況的真相就是……唉～就是那個啦。我啊，如今已經不恨拿破崙一世與他的血親了。加上剛才那樣的故事後，到底是真有其事，還是虛構的創作，都無所謂了，對吧？」

「原來如此。所以對那樣的你而言，就連無人島也是值得一嚐的素材。話雖如此，無人島比比皆是，你怎麼會獨獨在意那座島呢？你該不會『和那座島有某種淵源』？」
對於咯咯笑著詢問的約瑟夫的話語，大仲馬聳肩表示：
「是直覺啦。純粹是直覺。」
「直覺啊？對你從事的這種職業而言，直覺或許很重要呢。」
「因為是像現在這樣，和皇帝陛下的親戚同乘一艘船時瞥見的島嘛。我覺得將那座島當作你我相識的紀念，讓它有名起來也不錯。」
聽完，前法國皇帝的姪兒如同喧鬧的孩童般，仰望島影用熱情的聲音說道：
「沒錯，我也一直覺得那座島上有什麼喔！有個人物的名字與那座島一模一樣，幾年前我還聽過那個人的謠言。你可別說出去……很久以前，也曾經看過潛伏於教會暗處的那些人有詭異的動作。」
「教會的……暗處？」
「哎呀，忘了這句話吧。因為連我那位曾為國王的父親大人，也不打算揭穿教會的底細嘛。反正，那座島確實從很久以前就有各式各樣的財寶傳說、奇蹟傳說之類的謠傳喔。正因為那是座什麼也沒有的島，因此街上的孩童們、獵人、冒險家，以及宗教家等等，會有各式各樣的人將自己的夢想投影到那座島上。但是，也正因為害怕萬一去了那邊，將會知道那座島上什麼也沒有，所以也就幾乎沒有人想上島一探究竟。」

「喂喂喂，你是打算搶走我的職責嗎？描述與那座島相關的事是我的工作喔！別再說了，快告訴我那座島叫什麼名字吧，兄弟。」

對大仲馬回稱自己為兄弟而高興的約瑟夫，心想將來大仲馬應該會寫出這段故事。他一邊為尚未看到的故事興奮期待，一邊謳吟那座島的名字。

「那座島名為——『基度山』！是座什麼也沒有，是故能包含一切，充滿可能性的島！」

接續章

「局外人的圓舞曲」

『下一則新聞。昨天，上議院議員與企業首腦等等，接連遭逢意外或患病而突然逝世。面臨此事態，NY市場的股價一片混亂————』

×　×

是否該將發生在史諾菲爾德的「那個」稱為「上天的考驗」呢？

關於這個問題，越是正確觀測事態發展的人，心中天秤的指針越會傾向否定。

因為對城市而言，或者對整個美國而言，那些可謂未曾有過的一連串事件——即「聖杯戰爭」——都是必然發生而受到引發的事件。

那座名喚史諾菲爾德的城市本身，即是有人為了儀式而選擇建於美國大地的實驗場——而且從一開始就「包含將土地歸零重來」穿插進城市結構裡。

不過，這畢竟是測試那個的幕後黑手方的觀點。

從壓根就不曉得魔術性事情的一般人觀點來看，那種事根本毫無關係。

從不曉得暗中之「理」的市民觀點來看，那無疑是突然到訪的災禍。

聖杯戰爭。

即使在魔術師之間，也是僅有部分人才知道的，受到限制的儀式。

由複數魔術師將存在被刻於世界之「座」的英靈召喚為自己的使役魔，全神貫注在得到萬能許願機——真正的意義是通往「根源」的墊腳石——這件事上互相競爭。

雖然據說最初還有別的意圖存在——但是在半個世紀前所舉行過的，由多數勢力在檯面下布滿權謀的第三次聖杯戰爭，以及在十幾年前舉行過的第四次聖杯戰爭中，鐘塔失去了一名君主一事為契機，引起了闖過層層假情報的魔術師裡極少數人的強烈注意。

不過，綜觀大局是將其列為「在遠東地區舉行的可疑儀式」——但是這次在美國執行的「那個」，即使要視為聖杯戰爭來看待，也開始呈現太過異質且扭曲的情況。

首先，受到召喚的英靈數量實在太多。

據說通常的聖杯戰爭，是由七名使役者互相鬥爭的戰爭。一開始的確是以這樣的人數執行的吧，但是——

自從推斷為「劍兵」的英靈在當地電視台的攝影機前亮相，宣言要賠償劇場遭受的破壞以及蒙受的損失後，大約從那時期，這場戰爭就開始產生了有別於原本聖杯戰爭的巨大「偏差」。

本該隱蔽處理的魔術儀式。

但是對於使用魔術或者接觸所有神祕的人而言，這條絕對性的規範，在這場虛偽聖杯戰爭才開始沒多久就被打破。

又或者，簡直可說那才是執行儀式的幕後黑手們所期待的事情一樣。

在沙漠裡，由「弓兵」與「槍兵」展開的單挑戰。

彼此寶具互相衝突所引發的餘波，使得一部分沙漠發生了玻璃化現象，還造成出現巨大隕石坑的結果。這件事在對外發表時，是用天然氣公司設置的管線發生爆炸意外為由，隱蔽處理掉了。

而且，還發生由「刺客」發動的襲擊，推測目標是身在警察局內的「劍兵」。

過程中還出現推斷為「刺客」主人的吸血種攪局。雖然捲入了教會派遣來擔任聖杯戰爭監督官的神父漢薩・賽凡提斯演變成混戰，但表面上是以恐怖分子襲擊警察局為由，隱蔽處理掉了。

接著，以水晶宮殿為陣地的弓兵陣營遭受襲擊，雖然周邊建築物都蒙受到玻璃窗同時被打破的損害，但是這件事以出現龍捲風為由，隱蔽處理掉了。

然後，位於工業地區一角的肉類食品工廠——以這處有著史夸堤奧家族庇護的魔術工房為中心，強大的兩柱英靈更與別的「某種事物」造成了大範圍的破壞。

這個部分，在術士系英靈施展的大範圍幻術所產生的影響下，居民看到的景色或許仍然維持著受到矇騙的假象。

才僅僅數日，儀式的進行已經產生嚴重的扭曲。

魔術師與其使役魔——可不是區區的使役魔，而是由神祕本身形體化的眾多英靈，展開「互相廝殺」形式的魔術儀式。

那個儀式，無論事前準備做得多麼謹慎完善才舉行，一旦持續發生城市街道崩毀等級的例外狀況，要隱蔽也會瀕臨極限。

但是情況別說可望收束，甚至還開始見到無法違逆的增強之兆。

在西海岸出現了無視其產生所需的氣候條件，就得以形成的巨大颱風。

以美國華盛頓為中心，接連發生財界、政界、情資關係的要人相繼死去的異常事態。

若是知曉這些事態背地狀況之人，就會察覺到那些都是人為災禍。

史諾菲爾德這座城市，如今已掀起「巨浪」。

世界一側正不容分說地被拖進那微暗洞穴的深淵裡。

倘若要將這個狀況，稱為「偉大存在賜予的考驗」——

那麼這場考驗，就形同將人扔進在談論終點位置以前，連眼前寸步都看不到的永無止盡迷宮一樣。

因為那些人，甚至還沒察覺到自己正被囚禁於迷宮當中。

×　　×

某社群軟體　私人頻道

富琉：「嗯，大略來講就是這樣了吧……我只講結論。

史諾菲爾德超不妙的。

說實話，糟到連我都想盡快開溜了。

而且，大致上與我一開始聽到的狀況『簡直』是兩回事。

呃，不對。和魔術有密切關係的人，是不會毫無限制地說出真相沒錯，但就算把這些考慮在內，還是不講理啊。

儀式的根幹恐怕是沿襲了冬木的『那個』，但不管是規模還是基礎，卻都整個變不對勁。

首先，是境界紀錄帶(Ghostliner)。

就是你們這些『過來人』所稱呼的英靈(使役者)。按照你們說過的，在那個叫冬木的地方舉行時，是由七柱英靈互相鬥爭，沒錯吧？

但是啊，我用我的占星術一探狀況時，顯示的可不是七柱那種等級呢。是將近倍數——不對，從那個不知道是英靈還是什麼鬼的混亂星象來看，還有凌駕其上的不妙玩意兒存在。昨晚，我監視過醫院前的情況。才看到有三顆頭的狗出現，接著就湧現好像幻想種般的兩百隻怪物，和光是凝視就很不妙的英靈打了起來。後來魔力大亂，我也沒辦法好好地繼續監視了。

可別跟我說是地獄三頭犬還是惡魔啊。管他是什麼，反正原本不應該存在於表側的怪物，現在可是在美國都市的大馬路上昂首闊步啊！如果是作夢，我都想醒來了呢。讓世人看見這種夢境的人，想必是相當孩子氣的魔術師吧。

後來發生的事，要解釋清楚也很麻煩。

我會把疑似影像紀錄的檔案加密後附給你，你那邊再自己用魔術性手法解開吧。

啊～……不過啊，要是你覺得這一切都是我在捏造，那事情就到此為止。

就算你懷疑，我也不會生氣啦。

要是我處在相反的立場，搞不好會大喊『別鬧啦』、『還錢來』，甚至向對方施詛咒呢。

反正，你和我不一樣，應該能用不同的角度去檢視吧，魔術世界的破壞者大人。」

艾梅洛二世：「這綽號還真讓人意外。」

艾梅洛二世：「話雖如此，還是感謝你的報告。事態惡化得比我預料的更嚴重。」

富琉：「要說沒料到，的確沒錯。一開始在沙漠出現隕石坑時，我也以為這就是最糟狀況，但沒想到每隔半天就刷新紀錄，把城市又拖進更糟的深淵。」

富琉：「不過，英靈的數量太多這個部分，究竟怎麼回事？」

富琉：「雖然這邊的確是靈脈也完善的土地，但和我聽說的冬木相比，仍然差了一步之遙吧。話雖如此，卻有比平常更多的英靈受到召喚，這些在道理上說不通吧？」

艾梅洛二世：「大概算是誘因吧。」

富琉：「竟然說是誘因啊。」

艾梅洛二世：「最初受到召喚的幾名英靈，意圖性地擾亂了土地的靈脈，導致土地又從美國大陸的其他地方吸引魔力。就像為了將免疫力活性化，而先給予肉體傷害一樣的激烈療法。」

富琉：「你的意思是他們為了召喚七柱『境界紀錄帶』，先召喚別的六柱來犧牲？把那個亂七八糟的『境界紀錄帶』當作雞血般的觸媒拿來利用？就算手段有點蠻橫，總該要有個限度吧？」

艾梅洛二世：「就像要將靜止的七顆鐘擺球往表面推一樣，從內側……大概是用了五六個鐘擺球去硬撞吧。原本只要像牛頓擺一樣，以同樣數量的鐘擺球來運作就好，要將連第七顆鐘擺球也推出表面的力量，則讓構成這片土地的管理者們再行添加即可。已經沒有用途的那些最初的英靈們，恐怕會由於要取得平衡之故，一段時間後就會被土地吸收掉。」

富琉：「我倒是沒這種感覺呢。你的說法我雖然是半信半疑，但那個穿著金光閃閃盔甲的傢伙，的確是那個阿卡德的『英雄王』喔。我透過遠見的術式，一觀測那傢伙的命運時就一陣目眩，覺得好像腦漿被直接攪弄了呢。把那種傢伙也囊括進來，結果甚至不是當作聖杯的材料，而是當作焚燒用的稻桿束用過即扔，根本瘋了吧。」

艾梅洛二世：「對，你說得沒錯。無論是作為魔術師，還是作為與神祕幾乎無關的人，這種思考始終都不能稱為正常。那種行為是不把神祕視為神祕的傢伙們才辦得到的做法。那才是真正符合『破壞者』稱呼的存在。」

富琉：「雖然這是私人群組，但正在用社群軟體解析神祕的你有資格說這種話嗎？」

艾梅洛二世：「現狀是那些拚命鑽研電子駭入技術的魔術師，讓通訊手段被大大限於魔術通訊。雖然每一種手段都伴隨著風險，但在我的能力範圍之內，我的做法可說更安全吧。就算被偷看到，一般人看了只會視為一場笑話。若對方是我們這一邊的人，那根本不需要隱瞞。不對，若對方越是以奉隱蔽魔術信條為優先的認真魔術師，看到這樣愚蠢的報告，也會越拚命地著手消除吧。」

富琉：「這種報告，魔術師聽到的當下就會認定是鬼扯吧。」

艾梅洛二世：「反正，這種情況應該再過幾年就會改變。最近市面上開始出現稱為智慧型手機的攜帶型裝置，那甚至可能會普及到影響魔術世界的程度。伴隨著神祕遭人記錄的危險性增加，隱蔽的手法也不得不改變成與以往不同的做法。舉例來說，堅持主張是假新聞到底，或者加入假情報混淆視聽，這種做法反而容易隱蔽魔術吧。正因為如此，希望這規模大得浪費的儀式，能盡量避免產生破綻呢。」

富琉：「你還是老樣子，話題一開就滔滔不絕呢。不，這種狀況下停不下來的是指尖吧？短短不到一分鐘，真虧你能靠打字羅列出那麼多句話。該不會到剛才為止的文列中，還編進了連我也無法理解的魔術吧？」

艾梅洛二世：「你太抬舉我了。是因為在嗜好的遊戲中，有時會需要將壓縮過的情報在一瞬間和別的玩家互通往來啊。」

艾梅洛二世：「況且，我編不出能讓你無法察覺的高水準隱蔽術式。不過，該說是在網路上嗎，即使是字裡行間的語氣也跟你的遺詞一模一樣呢。」

富琉：「我不習慣嘛。相反地，就像你不用假名當作暱稱一樣，是對應方式的問題。要在不習慣的場合中混入笨拙的形象，搞得好像詛咒一樣弄得自己不舒服，會很困擾不是嗎？」

富琉：「唉，就不管那些事了。我會再打探一會兒，要是發生萬一，我會逃出這座城市喔。雖然那些打算離開城市的居民，都中了奇怪的詛咒而被支配精神，又折回城市了，但我會設法仰賴觀星，尋找詛咒程度較輕的路線逃出去。」

艾梅洛二世：「抱歉。你早就在那城市裡，真是幫了我大忙。」

艾梅洛二世：「雖然我已經與幕後黑手方的人——警察局長有所接觸，也已締結暫時性的共同戰線，但是打聽到的情報也僅有一小部分。依我與他交談過的感覺來看，他可能也沒被告知比幕後狀況更深一層的資訊。正因為如此，有來自你個人的客觀情報真是感激不盡。」

富琉：「沒什麼，原本就是想說或許會有甜頭不錯的工作才來這裡而已。使用魔術的傭兵要是懶得動，會沒飯吃嘛。結果到頭來，賣你人情好像才是最賺的，就是俗稱的順水推舟啦。」

富琉：「……姑且先問問，不會還有除你以外的君主（Lord）過來這裡吧？」

艾梅洛二世：「那倒是沒有呢。降靈科的盧弗雷烏斯翁目前有事離開鐘塔了，但他不是會親赴事件現場的人。所以就算你那邊出什麼差錯，他也只會聳聳肩說句『不過就是該發生的事發生了而已』就沒事了吧。不過，他好像對境界紀錄帶有幾分興趣呢。」

富琉：「行了，知道不會有比現在更不妙的玩意兒來到這城市就夠了。這裡本來就充滿同行，哪還能粗心大意被他們看到我的看家本領啊。」

富琉：「對了，有個還算有名的亞洲人同行，似乎也以主人的身分參與其中喔。不過和真正的老手們相比，倒還不算什麼……那個人叫做西格瑪，他是個論魔力是吊車尾，求生能力卻出類拔萃，像人偶的小子。記得告訴你那個可愛徒弟，別去接近他啊。」

艾梅洛二世：「感謝你的忠告。」

艾梅洛二世：「我很後悔沒有好好告誡費拉特，應該要更強烈忠告他聖杯戰爭的危險性才對。」

富琉：「哦，這句話聽起來，對為錢而來這裡的我挺刺耳呢。」

艾梅洛二世：「抱歉，我沒有挖苦你的意思。」

富琉：「我知道啦，君主閣下。」

富琉：「那就說到這裡，我這邊也陷入要招架不住的狀態了，該關閉通訊啦。」

富琉：「另外，剛才星星有出現奇怪的『引導』，這部分我有一併附進報告書的檔案裡。」

富琉：「總之，我得知什麼時會再聯絡你，報酬裡要多加些獎金給我喔。」

——富琉已登出。

× ×

史諾菲爾德　市政廳

「接下來……剛才要裝腔作勢是沒差，但現況倒是真的不妙呢。」

被鋪設了驅人結界的史諾菲爾德大馬路上，有深不見底的魔力在動盪。

身處市政廳大樓中的一個男人聳聳肩，眺望著位於城市中心，混雜了醫院與警察局的大街。

這個直到剛才為止都還在線上私人聊天室與「委託人」——鐘塔的君主艾梅洛閣下二世以文章互通往來的男人，靜靜仰望窗外的星星。

——不過，感覺艾梅洛老闆氣得火冒三丈呢。

剛才在聊天室往來的時候，的確沒在文列中看到編寫過的詛咒或是魔術師會用的一類東西。

但是，他確實感受到了。在艾梅洛閣下二世這個男人的心裡，燃著寧靜而滾沸不斷的怒氣。

——不是魔術的神祕被玩弄這麼簡單啊。

——已經是重視的棲身之處被搞髒的程度吧。

——真是的，誰教他明明從骨子裡就不像個魔術師，還要揭穿別人的魔術呢。我看那位先生的腦袋裡，早就已經擬定好把這瘋狂的儀式拆掉的順序了吧。

「用魔術應戰的話他是不恐怖，但是要以魔術師身分與他敵對，我絕對不幹啊。只論這範圍內的話，他的能力的確足以成為鐘塔十二頂點的其中一人。」

這個滿臉鬍子、體格結實的男人，用手指輕撫與遠離沙漠地區的城市中心不搭調的、防範沙塵用的阿拉伯頭巾，從市政廳的空房間窗邊往下看向早已空無一人的大馬路。

「算了，趁著還沒演變成無法從城市裡觀星的狀況前，斥候還是繼續做斥候該做的事吧。」

男人的名字叫做富琉加。

既是使用魔術的傭兵，也是被貼上「弒師者」標籤的占星術師。

他聽聞這次舉行的聖杯戰爭消息後，原定計畫是比起直接獲得金錢報酬，不如把自己推銷給各方領域的魔術師，打算拓展人際關係、締結深交，因此才來到這座城市——結果當他看透一切，知道這件事與在「使用魔術的人」之間都惡名昭彰的史夸堤奧家族有關時，又接到一名以前熟識的鐘塔君主的聯絡，就直接承接委託，成為調查情報的人。

「從星象的循環軌跡來看，的確是吉凶交雜。雖然高風險高報酬的道理我懂，但是真的有值得身陷這狀況的報酬嗎？」

他大嘆，苦笑已經無法抽手而去後，從懷裡掏出數支小刀扔向天空。

「Lead me.（引導我。）」

接著，數支小刀才在空中如劃圓般均等地停止，又彷彿各自擁有意識般，積極地插向富琉加周圍的地板。

儘管是石磚地板，短劍的刀刃仍然有半截深深地插入地板。

富琉加向小刀配置成的「魔法陣」中心處揮出拳頭，讓自己的魔力在大地與天空循環。

「Lead me,now!（現在，引導我！）」

說完，短劍如同水中鯊魚的背鰭般不停蠢動，接著又以違反重力的形式再次浮起，飄在富琉加的周圍。

接著，所有短劍的刀尖如羅盤的指針般晃動不停，分別指向不同的方向後，又一一停止。

但是——其中幾支短劍就像磁場被擾亂的磁針一樣，只是激烈地迴轉不停，絲毫沒有停止的跡象。

「英靈的數量減少了？不對……」

他剛才做的事情，是根據占星術觀察因果的流動，判斷原本就屬異質存在的英靈其方向距離的魔術。

萬一此時英靈正逢消散之際，短劍只會掉落地面，結束占卜才對。

但是，飄在半空中的短劍中，仍有數支依然激烈地迴轉不停。

彷彿在表示【雖然還存在，卻不在任何地方】這種矛盾的現象。

「……哎呀，我只是個斥侯，才不會插手命運的道理呢。更何況，解謎這種事是鐘塔教授的得意領域吧……」

接著，富琉加再次遠眺窗外的大馬路。

在陽光普照中展露的光景，是還很鮮明的破壞痕跡。

「在那之後，那裡到底發生了什麼事情？」

彷彿有場災害只通過那條大馬路一樣。在那條柏油掀起的道路上，散落著周邊醫院的護欄與原先停在路邊的車輛殘骸。自來水管似乎也破了，隨處可見有水從凹陷的地面中不停噴出的狀況。

與在沙漠出現的隕石坑相較之下，這種損害或許不算嚴重吧。

但是，這場在人民居住的城市市中心出現的破壞，毫無疑問會比沙漠的慘狀更讓居民痛徹心腑。

不如說，這場破壞有很大的可能，會使人將其與沙漠的大爆炸以及其他的神祕現象連結在一起。

不過，這名由艾梅洛閣下二世所僱用，會使用魔術的斥候在意的是另一件事。

那就是──在那個恐怕發生過壯烈戰鬥的現場中，竟然沒有留下任何一具屍體，甚至絲毫未留血跡的事實。

彷彿生命的存在本身消失得乾乾淨淨一樣。

×　×

鐘塔

「還好吧，老師？」

「嗯，沒事。」

艾梅洛閣下二世皺著眉頭，一臉疲態。他展露這般巧妙的表情對寄宿弟子的疑問如此回答。

知道這只是逞強之言的女徒弟，也想為老師的憂慮找出解決辦法。因此她提出一個提議：

「不然，聯絡遠坂小姐怎麼樣？她是聖杯戰爭的過來人，說不定想得到讓費拉特先生活下來的辦法。」

「不行。若是要聽過來人的建議，我就足以替代她。更何況她與【冬木】的關係太深，在這場如此異質的聖杯戰爭中，她的知識很有可能反而帶來麻煩。」

「……」

「說起來，告訴那位淑女妳猜會怎麼樣？她搞不好會立刻殺到美國去。史賓和其他畢業生也一樣，費拉特的事情不能告訴他們。我不能讓那些即將畢業的學生捲入危險裡啊。」

此刻，二世手裡拿的不是平常宛如註冊商標的雪茄，取而代之的是一支手機。

和寄宿弟子說話的同時，二世已經將某支號碼按過了好幾遍，但是對方似乎完全不打算接電話。

而且，二世要通電話的對象不是畢業生，而是他現役門生中資歷最久的青年——費拉特．厄斯克德司。費拉特的臉孔在二世腦海裡浮現的同時，他終於對從幾小時前就毫無回電的手機大發牢騷。

「那個大笨蛋……如果他只是純粹睡著了才沒回我電話，我真的不會饒過他！」

嘴上說著不會饒過費拉特，語調中卻充滿著打從心底希望一切真是如此的表現。

×　×

『下一則新聞。在美國西海岸突然產生的颱風，由於其動向前所未見，官方決定不按照往例採用颱風命名表上的名字，將另行命名——』

第十四章
「黃金與獅子　I」

數小時前　史諾菲爾德中央醫院的沿街大馬路

那是宛如幻想的光景。

不過，那並非是如甜美的桃源般的意思——而是諸神的戰爭或者地獄——是具有這般意義的奇幻景色。

開膛手傑克——化身為超過兩百隻惡魔的「狂戰士」。

他以壓倒性的壓制力，屠殺掉自稱阿爾喀德斯的「真弓兵」飼養的三頭魔犬後，每個人都以為傑克會繼續連同英靈也予以壓制，但是——

其「化身惡魔的力量」——也就是俗稱寶具的靈基卻遭到阿爾喀德斯的寶具「吹天風之篡奪者（Reincarnation Pandora）」完全奪走。

掠奪寶具的寶具。

具備異形之力的阿爾喀德斯，活用了那股過於偏離常識的力量。

輕鬆戰勝傑克的他拿好武器，打算就這麼繼續屠殺阻礙於眼前的警察們。

但是，身穿黃金盔甲的另一名「弓兵」現身於此。不是別人，正是那名最初的英雄。
然後，再隨著翩翩金髮中混雜著紅髮的「劍兵」一行人出現，事態又更加混亂複雜。

「喂喂喂，有沒有搞錯？使役者是連惡鬼羅剎都能召喚來當的嗎？」
在這股氣氛明顯異常，做錯一個舉動就可能立刻出現無數死亡的狀況中，發言的劍兵——「獅心王」理查一世處之泰然，彷彿這種場合正是適合自己之處一樣，向身後的黑髮年輕人問道。
黑髮的年輕人——自稱是「槍兵卓別林」主人的西格瑪，和劍兵在不同意義上同為不懂察言觀色的人。聽完劍兵發言的他，淡然地回應：
「我早就耳聞過，就連冬木的聖杯戰爭似乎也出現過反英雄。根據僱主所言，只要能湊足條件，好像也能召喚出那類存在。」
「原來如此。嗯，畢竟都『能呼喚妖精』了嘛。如果連報喪女妖都能出現，我倒是想久違地看看，不過，看來對方不是能讓我悠哉觀賞的傢伙呢。」
看過有著惡魔般外觀的英靈後，劍兵又瞥了上方一眼。
「上面那位氣派的英靈也一樣呢。」
劍兵瞥見的地方，佇著一名身穿金色盔甲，渾身強烈氣息的男人。

從教會的鐘樓上俯瞰劍兵的那名英靈，一臉不高興地開口道：

「搞清楚自己的身分，雜種。誰允許你瞻仰我的身姿了？」

傲慢。

即使用這麼一句話形容也無可厚非。

但是，劍兵立刻就明白絕對不是那個人驕傲自滿，而是他「身為這麼說也無妨的存在」。

佇立上方的金色英靈。

佇立眼前的惡鬼般的弓兵。

——那個「金光閃閃」的先生也是弓兵？

——原來如此，從有兩名弓兵的狀況來看，這次的聖杯戰爭的確異常。

就像在森林遇見的槍兵英靈警告過的一樣，看來這場聖杯戰爭無論如何都絕非正常。

儘管如此，理應是由聖杯賦予的知識，卻告訴自己這是一場「正確的聖杯戰爭」。這其中或許也存在某種意義吧。

理查如此思考，但是現在沒空讓他繼續深思熟慮。

那名金色的英靈，恐怕是遠遠凌駕於自己的英靈。

他的靈基相當強悍，甚至足以匹敵在森林遇見的那名俊美槍兵。金色英靈絕非能靠正面交鋒戰勝的對手，此乃一目瞭然。

至於剛才與他對話過的，那名長著惡魔尖角的異形弓兵——理查同樣明白，那名弓兵也是力量懸殊到幾近絕望的強大英靈。

理查的靈基，正緊張地對他訴以強烈的危險。

那份警戒是由伴隨理查的寶具、那些未達英靈境界的碎片所發出。是理查稱為刺客的洛克斯雷、弓兵的皮耶等等靈基的碎片，正冷靜地不停敲響警鐘，表達「想白白死在這裡嗎？快點撤退」的警訊。

雖然也能感覺到漠不關心的劍士，與僅是淡淡微笑的魔術師的靈基，但是劍兵本人反倒是眼神閃閃發亮地注視著佇立在眼前的「絕對強者們」。

「我的心允許了。顯然你是一名不容小覷、值得瞻仰的有名英雄。從遣詞來看，應屬於王者一類。僅僅佇立於此地便值得尊敬的存在，天底下可是少之又少。憑我的身分今日竟能立於此處，我要向你致謝。」

「雜種，憑你那種眼光就想評價我？你的感謝毫無必要。說起來，我根本不曾允許過你任何事。」

身穿金色盔甲的英雄絲毫不改臉色，平淡地說道：

「立刻消失吧。」

說完——那名英靈身後的空間頓時產生扭曲，憑空開出洞穴，而且還有無數的武器自洞中湧現出來。

劍兵雖然看得瞠目結舌、不明所以，倒還看得出來那是充滿殺意的舉動。

那些稱為「寶具」，纏著魔力的無數武器，彷彿是自拉滿的弩弓放出的箭矢般，紛紛射向劍兵身處的地方。

或許是事前就察覺到有危險，西格瑪已經遠離該處，退到教會的陰暗小巷。

被獨自留下的劍兵困惑片刻，才恍然大悟地開口：

「你說的消失，是指從這世上消滅嗎！」

然後，他愉快笑著的同時拔劍出鞘。

「哈哈！你真有趣！」

那柄劍原本裝飾在西格瑪作為根據地的沼澤地宅邸裡，是柄已磨鈍刀刃的裝飾劍。

但是，只要還有劍柄可握，對理查而言就是上等的武器。

彷彿劍身瞬間綻放出輝煌之光，理查只揮一劍便將金色英靈身後射出的武器打落地面。

但是，打落的武器僅有幾把。

對傾降超過數十把寶具的狀況而言，這不過是杯水車薪。金色的英雄認為這些數量應該足夠斃命，他的視線早已回到異形的弓兵身上。

但是——那名惡魔般姿態的弓兵，卻面向著理查所在的方向。

由於有神祕的布料遮掩住臉，無法窺伺到他此刻的表情。

異形的弓兵似乎懷著某種明確目的，正在評價著自己。理查身為英靈的本能立刻理解到這件事。

但是，目前沒有閒功夫去考察那件事。

在不到一秒的時間中，已有無數的武器逼近射來。

理查再次用力揮動手裡的劍，並看準目標一躍，往剛才打落的武器所產生的僅有「空隙」跳進去。

雖然他在千鈞一髮之際躲過所有的攻擊，但是插進地面的其他武器粉碎了柏油路面，而這些被捲上天空的地面碎塊又成為新的災難，往理查站立的位置傾落而下。

但是，理查的身影已經從該處消失無蹤了。

「原來如此原來如此！銳利至此的刀劍光是插入地面，就會變得如此悽慘啊！」

移動神速的理查在插於地面上的眾多寶具中，撿起一柄長劍形狀的武器，大聲喊道：

「看看這漂亮的外表是怎麼回事！光是拿著它就彷彿得到千軍萬馬！並非純粹談論蘊含其中的魔力量，看看這個製作技巧、手法，還有這個創作！我很清楚，就算拿掉上面任何一件裝飾，還是能以簡樸的完整感表現一切！如果這些武器每一件都乃星之造物，不就既是源流，更是沃土之形了嗎！喂！你啊！這些真的都好棒！你身邊的所有武器都有這種水準嗎？竟然能毫不吝惜地亂扔，你到底是哪裡的偉大君王啊？啊啊！這部分我就坦率地向你致敬吧！你真的好棒，我好羨慕喔！」

理查一躲過一旦直接命中就必定喪命的攻擊後，立刻像個孩子一樣，露出稱羨的眼神。

對於他如此突然地用這般遣詞方式，連那些待在遠處旁觀、準備重整態勢的眾多警察們也不禁聽得目瞪口呆。

接著，理查在下一瞬間向那名金色的英雄開口，說出倘若是熟悉那名英雄的人，都只會認為無疑是在尋死的發言。

「喂！這些……既然你有這麼多件上等武器，給我幾件好不好！」

×　×

教會內部

「那傢伙……他怎麼在那種狀況下還笑得出來啊?」

史諾菲爾德的大教會就座落在醫院的斜前方。

在醫院的角落處,一名女性屏氣凝神地喃喃自語。

接著,從她身後傳來沉穩男人的回音。

「然後呢?根據小姐妳的視線來看,我想妳就是那名劍兵的主人……可以這樣認定吧?」

男人是由聖堂教會派遣來此地,擔任這次聖杯戰爭監督官的神父——漢薩・賽凡堤斯。在窗邊偷看外面狀況的金髮女性——沙條綾香聽到神父的話,僅僅瞥了他一眼,便搖搖頭回答道:

「我……並不是主人……」

「哦?可是我感覺得到,妳的魔力路徑是與他連在一起的。說起來,妳會在這個教會出現,不就是為了尋求庇護才過來的嗎?」

「……不是。是劍兵說如果要待在附近,這裡最安全。我只是照他說的過來而已……」

雖然態度不算親切,綾香語氣上姑且還是向神父表達尊敬。

漢薩並沒有為此厭煩,他像綾香一樣往窗外能看到的大馬路觀察狀況,說道:

「真是的,把這個避難所當作瞭望塔或塹壕來用,我也會困擾的。不過算了,戰爭本來就是有什麼就要利用什麼。如果是魔術師之間的戰爭，更不在話下。」

然後，漢薩稍微注意到上方，煩惱般地嘆氣。

「看樣子，屋頂上還站著一名英靈呢。真是受不了，把這座神聖的教會當成什麼啦？」

× ×

「原以為你只是隻很會飛的蟲子，原來是天不怕地不怕的乞丐嗎？」

佇立教會屋頂上的英靈是此刻才終於對理查感興趣嗎？已經不只是視線，他甚至轉過頭看向理查。

見到英靈用與其說是充滿憤怒，不如說是憐憫的眼神俯視自己，理查對自己剛才的發言仍不覺得羞恥，繼續說下去：

「說『給我』的確是很沒禮貌呢！如果是我出得起的價格，請務必開價賣我吧！」

對金色英靈的發言，理查還是回以一貫的輕佻口吻。

「不過，目睹到這樣的寶物，我已經無法克制這股澎湃的心情了！可以的話，我真想抱著這些寶物奔馳於戰場上！雖然我遭受你先發制人的攻擊，已經能視為我們在開戰了，但這些寶物如此珍貴，無論是什麼狀況我都想貫徹信念到底！拜託，我和你們交戰的這段期間，這些武器讓我

『自由自在』地使用，好不好！」

「都已經那樣玷汙我的寶物，虧你還敢口出如斯戲言啊，雜種！」

金色的弓兵眉頭稍微一皺，又說道：

「話雖如此，你的眼光倒是不錯。在被我的絢麗寶物迷了心竅前，就能看穿其工藝的精湛之處。既然如此，就允許你成為我寶物上的鏽斑，感激地收下我的褒獎吧！」

英靈語畢，其行動也早已結束。數十件武器再次從空中射出，向著呈現二刀流架勢，分別握著新劍以及自己佩劍的理查傾注而降。

而且攻勢比先前那一波的數量又更多、更快了一些。

理查衝過那些武器的間隙——就那樣邁步踩上那些被射出的武器轟起的瓦礫，當作踏台朝向高空「向上直奔」。

「沒錯，是賭上性命的戲言！因此，我要再多請求一事！」

接著，理查像特技演員般一邊迴轉身體，一邊施放紮實沉重的連續攻擊。

「我所求的，不是成為武器的鏽斑。」

「哦……」

「而是在你那身華美的盔甲上，留下些許的傷痕啊。」

理查闖過接近而來的「一擊必殺的群體」，並在空中改變行進方向。

沒有以什麼當踏台，而是完全在空中改變方向。

在對他本人應該也有造成強烈負擔的狀態下，理查又更進一步地扭轉身體，搭配迴轉的力量向金色的英雄伸出劍刃。

看到他動作的金色英靈，在皺眉的同時，用力拔出自己手上的劍。

「你！身為劍鬥士居然還操控魔術嗎！」

迴避開相當於偷襲一擊的金色英靈，往下跳到離鐘樓有段高度的屋頂，瞪向手中握著自己寶物的理查。

那並非失去從容的怒罵，而是維持一貫作風，責難理查對自己的無禮之舉的語調。

「不是，剛才那個不是我做的。」

判斷還沒辦法讓對方站上與自己相同的戰場，理查再次拿好劍，挑釁般地向對方笑道：

「是我的隨從在和你『鬧著玩』而已。」

×　　×

「……真迅速呢。」

與那邊的狀況保持距離，靜觀其變的異形弓兵——阿爾喀德斯，與其粗野的外表完全相反，

正以冷靜的雙眼觀察新加入戰局的英靈戰力。

論身手的靈活性，或許與騎馬的亞馬遜人騎兵同等程度。

感覺不到他身上帶有神氣，可見純粹是人型的英靈。

但是，其速度卻超過人類的極限。環繞於他周圍的魔力中，甚至混著既非人類，亦非神靈的異質魔力。

——並沒有強到足以令我心驚膽戰。

——不過，純粹論速度的話，或許凌駕於我。

——根據其寶具內容，他可能是應當警戒的對象。

這時，阿爾喀德斯想起來了。從劍兵體內湧出的魔力，依稀類似他回憶中的某件事物。

——那是……拐走我隨從（海拉斯）的，那群水妖的……

就在阿爾喀德斯從靈基的深處，拉出他脫離阿爾戈號時的記憶之際，他的思考被強制中斷。

因為他看到周圍的警察已經重新組好陣形，散發著準備再次攻擊過來的氣勢。

「嗯……我向你們致歉。明明在面對你們這些敵人，我的目光卻看著別的敵人。」

「……無論如何，你都不肯退讓離去嗎？」

其中一名警察的發言，讓阿爾喀德斯點頭以對。

「正如同你們有必須守護的人，我也有非掠奪不可的事物。我等之間無需互相理解。倘若存在著能妥協我意向之人，那般惡毒之輩也只會是我路途上的敵人。」

與我敵對者，予以擊垮。

與我和解者，予以誅滅。

聽起來雖然完全不講道理，阿爾喀德斯仍然向警察隊述說試探之言。

「我即將要做的，便是屠殺還未能明白世間道理的幼童之舉。若能完成，你們也與我無關了。你們之中是否有為愛惜自己的命，願意對幼兒見死不救之人？」

英靈握著弓質問眾人。

沒有拉緊弓弦，僅是緊緊地握住。

即使如此，還是能預期到當那張弓在下一瞬間一揮，便會出現死者的結果。

不是警察隊擁有的寶具優劣的問題。

而是眼前的英靈，已經立於超越那種事物差異的高處上。

警察隊的人無一不雙腳顫抖，即使如此，縱使沒有希望，他們仍然沒有逃走，甚至沒有人將目光移開阿爾喀德斯。

並不是他們都不害怕。

其中也有人眼眶泛淚，牙齒打顫。

如果是平常的任務，先撤退離開才是常理的做法吧。

但是，他們都明白。

一旦自己在這個時候選擇退縮，就再也沒有下次。

無論是對抗凶惡罪犯的重裝機動隊，或是國民兵都不可能會來。就算他們來到，也不可能比擁有寶具的他們更能當英靈的對手。

頂尖。

正因為他們就是警察這個組織準備好的頂級棋子，才會身處於此。

這些評價頭銜，到頭來究竟是局長施加的暗示一類，還是深植他們心中的自我暗示所促成的精神統一，沒人知道。

得以登錄為「二十八人的怪物」的他們，僅有獲得局長的保證而已。

──「你們就是正義。」

毫無證據的背書，只是再單純不過的話語。

但是對相信那句話的人而言，話語會成為明確的詛咒，又或者成為祝福，與行動以及命運緊緊相縛。

這些人之中，最深受其言所縛的人是──即使失去右臂，仍然挺身上戰場的一名年輕警察。

× ×

隸屬【虛偽聖杯戰爭】的執行方，又或者該稱為幕後黑手方的其中一人──史諾菲爾德警察局局長奧蘭德．利夫。

身為他的部下，同時也是警察隊一員的約翰．溫高德這個人，對市民而言可說曾經是理想的警察吧。

他在還難以確定是否已算懂事的時候，就透過電視目擊到母親的末路。

約翰的父親雖然立刻將電視關掉，不讓兒子看到母親被火焰包圍的光景──但那一瞬間的火焰，已經深深烙印在約翰的內心深處。

據說他的母親，是一名曾經立下大量功績，獲得多次表揚的女警。

約翰還記得，平常感情平淡的父親為了讓年幼的自己停止哭泣，拿母親的事來當床邊故事哄他入睡。

現在想想，那或許就是一種詛咒吧。

那些兒時經驗造就了約翰，使他從那以後就一直在追隨著幾乎毫無記憶的母親身影。

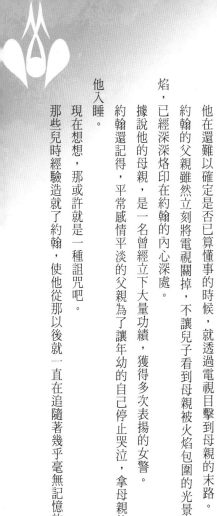

約翰的父親是魔術師——連約翰成為警察時，父親都沒有告知他這件事。

約翰是家中的三子，而魔術師家業是由長子繼承，就表示以魔術師而言，約翰僅被當作哥哥的備用品。

而且這名父親，看來甚至瞞著母親自己的身分，不過在美國這個國家的高層內部，負責處理魔術分野的一些部門中，他們有掌握到父親的身分。

即使美國身為強國，與聖堂教會以及魔術協會相較之下，美國在應付神祕這部分總是處於落後幾步的狀況。

在那狀況下，約翰被叫到警察的某個設施，並突然地被揭開身世。

似乎是父親也允許的。政府以支援經濟面的條件，向與鐘塔關係疏遠的父親提出交易，使約翰就這麼被賣給國家。

雖然困惑，但是當約翰親自使出魔術時，他的疑惑也瞬間煙消雲散，不得不接受這個事實。

因為他感到恐懼。

既然這種力量實際存在，就表示至今有許多案件都被欺騙了。

包括陷入膠著的案件在內，想必有許多案件都與魔術有所糾葛。

也許，已經有好幾個無辜的民眾，深受偽造的情報所害而蒙受冤罪。

因此，約翰可以理解「魔術必須隱蔽」這個概念。
但是，他無法明白為了隱蔽魔術，甚至不惜犧牲他人的概念。
對魔術師來說，這是理所當然。但是約翰是以平凡人的身分被養育長大的。
就在他對魔術世界的蠻橫不講理感到忿怒時——奧蘭德．利夫這麼告訴他：
「旁門左道產生的不講理，只能以同樣旁門左道的做法監督取締。」
約翰以獲得奧蘭德提拔的形式，成為了直屬部隊的成員。當他轉任來到史諾菲爾德時，還得知驚愕的事實。
——「這座城市即將成為魔術師的戰場。既然國家都有行動，這場戰爭勢必已無法阻止。」
——「對抗國家也是一條路，但那是比沒計畫更糟的愚蠢手段。」
——「既然如此，我們該做的事就是與戰爭周旋，繼續維護秩序。我們只能向全世界的魔術師證明，這裡還有保護與魔術世界之間界線的警衛存在。」
——「記住。倘若我們失敗，最慘的狀況就是會有八十萬市民犧牲。」
約翰並非全盤接受局長的話。
會做出如此殘忍行為的國家，還算是個國家嗎？約翰也嘗試過要從根本推翻這個計畫，重新構思。
但是，隨著約翰越了解計畫，就越明白這件事憑自己來不及完成。最後，他也認為局長所說的是最合理的做法。

我們陣營要掌控聖杯戰爭的發展趨勢，並趕在市民遭遇危害前壓制所有狀況。

若能辦到，約翰認為就能成為一項證明。

只要有能駕馭頂級使魔「英靈」的力量，光是存在於此，就能大大地牽制魔術師，阻止他們輕舉妄動。

然而，約翰並沒有搞清楚。

魔術師這類狼心狗肺的人，不可能用那般常識就阻止。

對於這些只要是為了抵達根源，連自己的命都能不惜當作棋子利用的魔術師而言，那些僅有強大力量可言的「牽制」，不過是虛有其表的觀察對象罷了。

並非以魔術師身分成長的約翰，無法理解魔術協會與聖堂教會，是用過多麼老奸巨猾的手段花招才將觸手伸遍全世界，在真正意義上成為神祕的管理者。

而且，還有一件他沒有理解的事。

無論擁有多麼傑出的武器，如何鍛鍊魔術與身心——世界上還是存在能將這一切回歸虛無的強悍怪物。

而約翰明白到這件事，則是在自己的右臂遭到自稱捷斯塔·卡托雷，俗稱「死徒」的怪物奪走的那一瞬間。

在先前的警察局襲擊事件中，約翰的右手遭受自稱死徒的吸血種「啃蝕」，完全失去。

但是，因為支援他們的術士——亞歷山大．大仲馬給了約翰新的義肢，局長雖然覺得糾結，還是答應讓約翰回到成員裡。

不過，是以徹底支援其他「二十八人的怪物」，不站上最前線的形式允許他歸隊——

但是，能維持前線與後衛規模的陣形卻輕易瓦解，而且將近三十名各自擁有寶具的警察們已經陷入半數人員負傷，動彈不得的狀態。

剩下的成員也一樣，是竭盡全力才勉強能組成陣形。開膛手傑克撤退的現在，只憑自己這群人，根本不是能好好戰鬥的狀況。

更出乎預料的，是事前已得到情報的英靈——英雄王吉爾伽美什的參戰。

雖然他正與新現身的劍兵進入戰鬥狀態，但是那名英雄王的戰法實屬異質並且經典，是以壓倒性的物量形成的壓制力，強行了結對手性命的做法。

那種有所耳聞，胡亂投射寶具的做法，一旦親眼見到，也只能目瞪口呆地將那副光景鮮明地留在記憶中。

約翰瞬間認為，自己像這樣站在異形弓兵的面前，或許是想要避開英雄王如此強大的現實吧。但是，這樣也不會改變眼前這名英靈有多麼危險的事實，這種比較根本毫無意義，於是放棄思考。

「我即將要做的，便是屠殺還未能明白世間道理的幼童之舉。若能完成，你們也與我無關了。你們之中是否有為愛惜自己的命，願意對幼兒見死不救之人？」

眼前的弓兵以嚴肅的口吻提出質問。

雖然沒有義務回答他，但是——

回過神時，約翰已經開口：

「就算有，我也不會嘲笑那個人，或者感到失望。不過，這不代表允許你通過這裡。」

「哦……所以，你不逃嗎？」

「……要是冷靜思考未來，我當然想逃，畢竟再怎麼掙扎也無法戰勝你……但是，冷靜與未來的代價，是要我以對幼童見死不救來換的話，這種生存方式更讓我害怕。」

然而，聽到這個回答的異形弓兵瞬間瞥過約翰一眼，道出奇妙的話：

「……真勇敢啊，人之子。我不會稱這是魯莽之勇。『正因如此，更顯悲哀』。」

「……？」

約翰感到疑惑，弓兵又說下去：

「沒什麼……是我的自言自語。」

瞬間，弓兵立於約翰眼前。

「咦……？」

雖然會讓人誤以為是瞬間移動，但他得以達成此舉，並非運用肌力辦到的速度，而是乘虛而入的移動。

這就證明，異形的弓兵絕非僅是倚賴強大的體能，他甚至具備經歷脫離常人範疇的修練而累積的技術。不過，約翰並沒有對這項事實感到絕望。

因為，連明白這般戰力差距的空閒都沒有，大弓便重重地擊中約翰的脖子。

於是，約翰．溫高德在明白自己發生什麼事以前——或者說，在他證明自己可以用大仲馬給他的義肢戰鬥以前——

頸骨就被擊碎，並整個人飛了出去，伴隨巨大聲響撞進醫院入口的玻璃門內。

×　×

一名可憐的警察就要喪命的瞬間，理查和金色弓兵在教會屋頂上的戰況也越演越烈。

攻勢不曾停止的金色英靈，顯得一派從容。

但是，他偶爾會對不斷閃開攻擊的理查投以懷疑的眼神，並以高傲的態度問道對方：

「雜種，我允許你回答我的問題。」

「那真是我的榮幸。」

金色英靈的攻勢有所緩和，但理查眼神中沒有絲毫大意與自負。

若打算趁這瞬間一口氣攻進去，可想而之將會遭受致命的反擊。於是理查也停下腳步，聆聽對手的話。

「看你閃避的動作就知道。你遇過類似的情況吧？」

聽完，理查聳肩回答：

「是啊。我昨天遇過類似的事，不過對方使出攻擊的方式和你是上下顛倒呢。」

「……那個對方怎麼樣了？」

「我們相處得不錯喔。主人……不對，契約人他們也挺合得來呢。」

考慮到綾香否認過自己是主人的事，理查改口稱呼，但是對金色英靈而言似乎毫無意義，沒有表現出顯著的反應。

不過，理查沒發現，當他說出「相處得不錯」這句話時，金色英靈的眼瞼微微地顫動一下。

但是，氛圍急遽改變的這點，理查想不明白都不行。

此刻以前，金色英靈的敵意都是「排除無禮之徒」的感覺，但是敵意淡去的現在，取而代之的是充滿別種莫名的氛圍。

那種氛圍是理查生前也曾懷有過的，但是現在的他沒有發現。

「是嗎……那傢伙，身為我的好友，卻還是一樣對他人太天真啊。」

聽到金色英靈苦笑道出的話語，理查為一股討厭的預感覺得困惑。

「咦？」

——我的朋友。

——這個發展，我好像在哪聽過喔。

那正好就是一天前。

在廣大森林裡遇見那個英靈，並提議同盟時——

——「我那個唯一的好友，個性很難伺候。」

——「每當我交朋友，或者打算找誰合作，他就會說『讓我來試試你是否夠資格與吾友合作』，再提出種種強人所難的要求趕走對方。」

然後——

理查注意到自己周圍的空間與以往不同，開始扭曲歪斜了。

——啊，這個不就是「我完蛋了」的發展嗎？

被發射寶具的「歪斜空間」四面八方包圍的理察，全身上下都感覺得到「死亡」。

金色的英雄對那樣的理查，道出與在森林遇到的槍兵說過的一模一樣的話語：

「讓我來試試你是否夠資格與吾友合作。」

「喂喂喂，就算是怕朋友被人搶走，也不……」

理查開玩笑地說到一半，就在途中住口。

他並不是直覺愚鈍的人。

觀察過與他相對的英雄的表情，理查能明白那絕非是受到純粹的獨占欲，或是嫉妒那種俗氣的感情驅使才做的。

「不，當我沒說過吧。剛才是我不夠成熟。」

「很好，沒再多說下去。我就稱讚你吧。要是你繼續說到最後，那也不必測試了。我會砍掉你那顆腦袋，直接結束一切。」

接著，金色的英雄對理查——並非以王、戰士、英靈之身分，而是以一名「裁定者」——繼續闡述：

「狀況已經不同。雜種，我就認同你吧。你非宵小廢物之輩，而是適合接受我授予考驗的『求道者』。要是你能活下去，我就視你為他的盟友，更是我明確的『敵人』。」

「屆時，我會重新允許你，以『人類』的身分化為我寶物上的鏽斑。你可以以此自豪。」

×　　×

在●●●●●

喀嘰。喀嚓。嚓啦。

許多微小的雜音，迴盪在男人的黑暗當中。

約翰微微地聽見，在硬物交互碰撞的聲音中，混雜著有人交頭接耳的細小聲音。

伴隨著人聲，不斷迴響的金屬聲響聽起來雖然粗野，卻又彷彿在演奏音樂一般，帶有優雅的感覺。

「這裡是……？」

約翰緩緩地抬起身體。

不可思議地，感覺不到疼痛。

但是，除此之外的感覺也模模糊糊。

只有一股氣味輕微地刺激著心。那是夾雜著水果酒的芬芳與奶油的焦香味，是會挑逗人食慾的那類氣味。

然後，約翰察覺到這裡是在餐廳之中。

空間內充滿橘色的暖光，卻不是來自燈泡，而是由燭台的火光所照亮的色彩。

在那光芒中飄著一張巨大的長桌，有個男人就坐在那裡，周圍還有正在談笑的絕世美女們，偶爾能見到她們往男人的玻璃杯斟酒的動作。

「請問……我……」

當約翰正想向坐在桌旁的人攀談時，那個男人拿起餐巾高雅地拭淨嘴巴後，慢慢地轉頭看向約翰。

「唷，你清醒啦。」

「咦……大仲……術士先生？」

男人的模樣是約翰等「二十八人的怪物」都很熟悉的英靈，即是與警察局長締結契約的術士——亞歷山大．大仲馬。

但是，他的頭髮以倒豎的方式向後梳，體格感覺也與在工房見到時稍微大上一些。

「請問，我怎麼會在這裡……還有，其他人呢？」

說到這裡，約翰才注意到。

大仲馬並沒有看著自己。

「咦？」

約翰雖然想觸碰燭台，手卻如滑過般地穿透過去。

不僅如此，連端著菜餚走過來的美女，也彷彿幽靈一樣穿過了約翰的身體。見到這光景，約翰才察覺到「自己並不存在於此地」的事實。

雖然期間短暫，或許是魔術師的修行奏效了吧。

約翰明白到這不是一場單純的夢境，也理解到或許這裡存在某種帶有魔術性的意義。

「這裡是餐廳，不用那麼警戒我。而且這裡滿高級的，麻煩你不要大吵大鬧喔。我不是你的同伴，但也不算是敵人。總之，先聊聊怎麼樣？」

乍看下，約翰以為大仲馬在對自己說話。

但是，他的視線並不是朝著自己，而是看向站在自己斜後方的某個人。

約翰還沒從混亂中冷靜下來，但是他做好覺悟，慢慢往身後回頭看去。

然後他看到的是——一名負傷的男人。

身體的一部分纏著繃帶，有好幾處都滲透著血的痕跡。

但是，無論是繃帶的白色，還是血液未乾的紅褐色，這些形象都立刻從約翰腦中消失無蹤。

漆黑。

那個男人身穿大衣之漆黑，彷彿表現出男人靈魂的顏色一樣。

他的肌膚色澤呈現不健康的蒼白，髮色更是與黝黑相差甚遠。

大衣底下若隱若現出如貴族穿的奢華服裝，不曉得是不是捲入過什麼大麻煩，大衣的外表到處可見燒焦般的痕跡。

但是，實在無法令人不去聯想，那身包覆男人身軀的漆黑大衣，其顏色正代表著其本質。

約翰困惑的同時，漆黑大衣的男人也不發一語，眼神警戒地瞪著大仲馬不放。

或許是感覺到他的殺氣，大仲馬聳肩揮手說道：

「唉～剛才的當我沒說過吧，我可不想被殺呢。我斬釘截鐵地說吧，我不是你的敵人。如果我是，你早就搭上駛向冥府的船隻了，對吧？不，考慮到那些你視為『敵人』的人，如果掉到冥府就能結束一切，倒還算是運氣不錯呢。」

大仲馬拿起手邊的水瓶，一邊往玻璃杯裡倒水，一邊繼續說道：

「來，先喝杯水吧。要是怕有毒，我先喝給你看。」

接著，一身漆黑的男人繼續保持警戒，向大仲馬問道：

「你是誰……你……認識『我』嗎……？」

「嗯，算認識吧。雖然我們並沒有直接的關聯性，但我在巧合下知道你的事。包括你至今是如何完成大業，乃至從今以後又要成就什麼事，我都知道。」

聽完後，漆黑的男人更加警戒，緩緩地站起。

相對於男人的動作，大仲馬則是向他遞上倒滿水的玻璃杯——

接著，大仲馬下巴朝著男人面前的座位示意，彷彿在測試他一樣。

「先坐下吧。一直用那副樣子站著，可不像個堂堂的伯爵大人呢。」

「……」

「啊，還是說，我這樣稱呼你比較好？」

接著，大仲馬說出了既代表對方表層性的一面，更是其核心的專有名詞。

「『愛德蒙．唐泰斯』。嗯，好名字。這樣的名字足以寫入文章裡呢。」

「不過，還是《基度山伯爵》更適合當作小說的標題呢。」

×　×

市街地　中心地帶

「裁定……是嗎？」

面對與自己佇在相同屋頂上的男人，理查重新拿好劍，問道對方。

「原來如此。我本來以為你的職階是弓兵，其實不然。你莫非是裁決者（Ruler）嗎？」

以得自聖杯的知識為基礎，理查說出某個特殊職階的名稱。

但是，金色英靈卻對此嗤之以鼻。

「蠢才。聖杯戰爭中的裁決者，終究只會以世界的規範作為準則，不過是座中立的天秤罷了。我的裁定不存在中立性。我走過的一切道路，以及累積於我寶物庫中的那些財寶，才是裁定你的天秤。」

英靈誇張說著「我就是規則」般的話語，但是理查反而面露喜色地點頭應答：

「蠢才啊？形容得真好。」

理查將劍靠在肩膀上，從教會屋頂往下瞥了大馬路一眼，嘆息道：

「說起來，我是聽說守護這個城市的衛士們，要調查散布神祕病魔的英靈，才會來到這邊，看看有沒有能幫忙的事而已。果然，聖杯戰爭就是一旦見面，自然而然會演變成一場武戲嗎？」

「別偽裝自己了，雜種。」

金色英靈不滿地說。

「看你說得心懷擔憂。在場之中比所有人都享受這個狀況的，明明就是你吧。」

「……」

理查以大膽的笑容代替回應，接著又問金色英靈：

「說起來，那個病魔……你的朋友稱為『黑色詛咒』啦。不就是要想辦法處理它，那些衛士才會聚集起來嗎？不去幫忙他們好嗎？和你結盟倒也是一個辦法喔。」

硬要稱那些警察為「衛士」的理查，一邊回想結盟的槍兵說過的話——「如果詛咒與汙泥混合了，會發生嚴重的事」，一邊等待對方的反應。

然而，金色英靈沒有將視線從理查身上移開，仍環抱著手臂說：

「那個無禮的死咒嗎？那玩意兒要是在我面前出現，我自然會消滅。不管你想怎麼做，結果都不會改變。雖然多少刮起了些可憎的風，反正一旦誅滅詛咒的源頭，一切便會結束。」

「原來如此。的確，我才剛來到這裡，還沒掌握清楚狀況。不過看樣子，我勢必得拚盡一切面對你的『裁定』了。」

理查咯嘰地扭了扭脖子，詢問關於自己身處的現況。

「乘載在天秤上的東西，不是只有生命那麼單純。還包括我的未來，以及過去——徹頭徹尾的一切，對吧？」

「別囉嗦了，你不是不一一詢問就無法理解一切的愚蠢之徒。」
看了看滿口不講理說詞的金色使役者，理查苦笑道：
「原來如此，那我能接受了。也就是說，這裡已經是必須拚命活下去的戰場了。」
接著——伴隨著下句話的同時，獅心王展開行動。

「盟約已成立。我們倆先前所言即為戰爭勝利的呼喊——我也要『開始進攻』了。」

就在理查邁步的同時，周圍扭曲的空間綻放光輝。
接著，彷彿布滿夜空的一切繁星都墜落下來一般，無數的「寶具」紛紛墜落到史諾菲爾德的街道。
理查往教會隔壁大樓的屋頂上一躍，「裁定」也從周圍不斷逼近。
那些攻擊，可謂是無限的連續攻擊，更是永無止盡的強烈一擊。
來自四面八方的無窮追逼，至死方休。
但是，理查也不是僅會任憑宰割的野獸。
就算不是最佳狀態，理查仍然是以人稱七種職階中「最優秀」的劍兵職階顯現的英靈。
在無法判斷意圖的金色英靈所行使的考驗面前，理查也以擁有王之靈基的英雄身分，開始釋放自己的力量。
交雜著輕重急緩的變化，寶具的驟雨不斷傾瀉而降。
理查利用其中的空檔，跳上屋頂。
寶具隨即逼近而來。
理查踢開其中一件武器藉此扭轉身體，以一線之隔閃過連續不斷的攻擊。
若用於雜技表演，太缺乏風雅；但用於戰鬥，實在流麗過人。
這些連續攻擊，哪怕是只要吃上一擊，都會成為肉體的致命傷。理查向其中心衝了進去，他以壓倒性的速度，如剛才所宣言地開始向死的領域「進攻侵略」。
理查一邊親自架好手中的劍，並一邊扭轉身體，一口氣由下往上地斬向天空。
從劍的軌跡溢出的光輝，將逼迫而來的刀刃全數掃落後，又闢出一條可親自進攻深入的嶄新道路。
話雖如此，仍然不會改變走錯一步就當場斃命的狀況。
理查一邊神速地走在生與死的境界上，不斷喃喃自語地述說著並非給他人聽，而是鼓舞自己的話語。
「或許，能夠抵達你的條件，我是有所不足吧。」
彷彿是與自己的誓約一般。

「但是……」

「論速度，我會贏過你。」

× ×

賭場旅館「水晶之丘」 最頂樓

緹妮．契爾克。

她是英雄王吉爾伽美什的主人，也是發自心底向他行臣下之禮的少女。

她是一族為了完成復仇，花費數代才「製造完成」的巫女。

緹妮的部族不隸屬於教會，是代代繼承力量，並延續下去的土地守護一族。

這個部族受到無數的魔術師與部分權力者，從魔術世界的內外兩側雙管齊下施加壓力，最後終於屈服。他們為了總有一天奪回土地，以及為了這片一族守護至今的土地，如同字面表示的一樣，不惜做出了「獻身」的行為。

在新誕生的孩子身上，都刻劃了魔術刻印。

他們透過利用與西洋魔術多少有異的理所刻出的花紋，作為土地的靈脈與魔術迴路本身的通路，並強行相連起來，培育成魔術的「觸媒」。

其為，一件心願。
其為，一場奇蹟。
其為，一聲吶喊。
其為，一條迴路。
其為，一樣祭品。
其為——以成千上萬條生命熬煮成的成串詛咒。

管理土地的魔術師們，其行為與和土地締結誓約實為同義。
那是名為誓約，極為單純無瑕的詛咒。
要是土地的靈脈之力轉移到自己無法抵達的地方，便會喪命。
作為受到詛咒的回報，魔術師能藉由讓自己的性命與土地的靈脈同化強化力量，雖然不到能夠無詠唱的地步，但是能以最卓越的效率不斷使出強力的魔術。
這些人強行對土地擴展魔術迴路，再將其讓孩子們繼承下去。

緹妮·契爾克也是作為次世代的祭品而誕生，更是在受盡苦痛折磨後，要將其基因與刻印傳承至下代繼承人的裝置。

緹妮有十二個哥哥，以及九個姊姊。

但是，這些哥哥姊姊，已經全都「被土地納入其中」了。

這些為了讓人身的魔術迴路與土地的靈脈同化所付出的犧牲，最後終於讓緹妮具備足以行使超越其父水準的魔術力量。

接著，次代的子孫無論是兒子還是女兒，凡是有素質的人，都將與前人步向同樣的命運道路。

但是——

聖杯戰爭阻礙了命運的行進。

這是魔術師們當初從緹妮的祖先手中掠奪土地的目的。

而現在，那些篡奪者即將要達成他們的夙願。

土地守護一族立刻推舉緹妮，開始教導她學習聖杯戰爭的知識，以及用來戰鬥的魔術。

一切都是為了讓緹妮·契爾克成為聖杯戰爭的主人。

而且，他們視緹妮如同族長般敬愛也是事實。

雖然也存在著不滿緹妮，意圖謀反的人，但畢竟在一族中是屬於少數派。

同時，他們也明白一件事。

這名應該獻上敬意、視為族長的少女，同時也是將用盡生命成就大業的祭品——是為了打入名為「奪回土地」詛咒中的，「必須徹底耗盡」的觸媒。

但是，緹妮不是只懂得讓族人教唆使喚的可憐傀儡。

她自己也已覺悟，要徹底耗盡生命去面對這場聖杯戰爭。

即使那不是部族的意志，而是受到代代繼承至今的宿命所操控的念頭也一樣。

因為緹妮・契爾克自幼就接受了——自己是為了「成為詛咒本身」，對那些篡奪者魔術師降下報應而活到現在一事。

而現在，那個緹妮——只能瞠目結舌地將眼前的光景烙印於腦海中。

如流星般不停落下的寶具星群。

每一件武器都纏著足以使人聯想到神話時代的瑪那，不停切開毫無感情的戰場氛圍。

緹妮現在正身處賭場旅館「水晶之丘」的最頂樓，利用遠見的術式掌握地上的情況。

從最頂樓直接往下看，或許只需以魔術強化視力即可做到，但是緹妮身為人的性質、魔術師的危機察覺能力，以及身為主人與英靈連接通路後而開啟的種族本能，都再再拒絕以居高臨下的舉動觀看自己的英靈——英雄王吉爾伽美什。

如果她是老練的魔術師，就會毫不猶豫地居高臨下觀看了吧。

又或許，那個舉動可能招致英雄王的不愉快，但那又是另一回事。

緹妮甚至覺得透過使魔窺伺都是不敬之舉，但是因為英雄王與恩奇都一戰時已經默許過讓她從遠方觀測了，所以緹妮判斷，這樣做還在不可跨越的界線之內。

——不愧是吉爾伽美什大人。

——另一名弓兵確實是強敵，但是那位大人的能力，肯定在他之上。

——至於那名可憐的劍兵，已撐不住了吧……

如此思考的瞬間，緹妮稍微屏了口氣。

透過遠見術式看到的畫面中——劍兵仍然活著。

而且別說還活著，他甚至開始漸漸地能應付英雄王的攻擊了？

「那名英靈……到底是……？」

劍兵。

在聖杯戰爭中，是獲認為最優秀的職階。

根據緹妮的部下事前所做的調查，從那些運來要當作觸媒的遺物中，可以推測幕後黑手陣營恐怕是想召喚出亞瑟王。

而且還有得到情報指出，同樣置身於幕後黑手陣營，名為繰丘的魔術師從中國本土運來了與

「秦的始皇帝」有密切關係的遺物，這個英靈會以什麼職階顯現，甚至無法預估。

如果運送遺物的人，是幕後黑手的魔術師，那就無法輕易搶奪了。

說起來，當緹妮得知帶著「吉爾伽美什的觸媒」的人已經踏上這片土地的瞬間，她就下定決心，自己該締結契約的使役者，就是這名她該侍奉的王——據傳乃一切王之源頭的英雄王，別無其他人選。

至於另一名弓兵——阿爾喀德斯，以及自稱是亞馬遜人女王的騎兵呢？

即使見過那樣不尋常的使役者，緹妮仍然深信不疑，英雄王將會一直贏到最後一刻。

從相連的魔力通路感受到的魔力，是多麼尊貴、傲慢，讓一切萬物都想侍奉他的王之氣魄。

可能成為敵人的，頂多只有英雄王自己稱為「朋友」的那名槍兵吧。

緹妮心想，若是如此，在最後的引導之刻來到前的這段期間，所有對手被俐落排除已是註定之事。

「劍兵乃最優秀」這種說法不過是個基準，是早已從腦海裡驅散的情報。然而——

「好快……」

緹妮．契爾克被迫領悟了一件事。

的確，既然是謳歌為最優秀的職階，即表示無論是何種劍兵，一定會具有「突破了」某個範疇的部分。

他就是如她推測的亞瑟王？還是別的完全不同的英靈？緹妮還不清楚。

即使觀察透過遠見的術式看到的劍兵，緹妮也不認為他的靈基足以與英雄王，或者阿爾喀德斯並駕齊驅。可能和自稱希波呂忒的亞馬遜人女王相當吧，感覺得到似乎稍微比她強了些。

但是此時此刻，在吉爾伽美什「國王的財寶（Gate of Babylon）」的猛烈攻擊下，那個劍兵仍然還活著。

不是像吉爾伽美什的朋友槍兵一樣，全部迎擊對抗，更不像現在正與警察隊對峙的阿爾喀德斯一樣，承受所有寶具的攻擊——劍兵是用閃躲的方式，不斷地避開所有的寶具驟雨。

雖然他偶爾會用手中的劍，打掉幾把閃爍光輝的寶具，但是那個舉動也壓抑到了最低限度需要的場面。

如果只是不斷在逃竄閃避，緹妮倒還能理解。但是最為異常的是緹妮感覺得到，那個劍兵的舉動並不是消極的逃竄，而是明確地在「積極進攻」。

「怎麼可能……」

看到劍兵正緩緩地逐步接近吉爾伽美什，緹妮的臉頰滑過汗水。

「他的速度……還在加快……？」

×　　×

教會後方　廣場

躲在廣場種植的樹木後方，少年——費拉特·厄斯克德司看到正在教會與鄰接的建築物上方進行的攻防戰，不禁喊道：

「太厲害了……那個金色的人雖然攻擊也很作弊，但是不斷在閃躲的另一個人也不輸他耶！就好像在玩動作遊戲時可以無限使用緊急迴避指令，而且還是一直用取消技的狀態呢！」

『你的舉例……都挺庸俗的呢……』

抱怨似的傳遞念話的人，是恢復成手錶模樣的使役者——開膛手傑克。

與費拉特締結契約的狂戰士傑克，可視為一半靈基的寶具遭到阿爾喀德斯所奪後，受到了超乎尋常的傷害。

因此，他才變身成僅需耗費少許魔力量就能成形的無機物，但是——

『那麼，我們也該行動了吧？』

「可是，傑……狂戰士先生，你真的沒事了嗎？」

『就算我說要撤退，你也打算找個理由搪塞我，一個人跑去幫助警察隊吧？雖然我們才相識不久，但我已經大致明白你的行動了。』

「討厭啦……我看起來像是那種正義的夥伴嗎？」

聽到費拉特困惑般的說詞，化成手銬的英靈傳來念話。

『你應該不是吧。不過，先不論你的老師對正義與邪惡的概念如何，他是那種「會做到底」的類型吧？既然如此，身為他學生的你應該也會模仿才對。』

「……真頭疼耶。傑克先生，你連我的內心都讀透了嗎？」

『只要不是直覺非常差的人，誰都會明白你。不過，雖然你不是會毫無計畫就闖入敵陣的笨蛋，但計畫本身就蠢到極點的可能性非常大。所以，我必須成為能為你引導方向的人。』

「放心啦！我也打算要活著回去啊！我非向大家炫耀你的事不可呢！」

『沒有更好一點的理由了嗎？』

傑克享受著這段玩笑般的對話。但那就像是為了分散痛苦，而不斷與人對話的傷患一樣。

『算了。我知道比起去戰鬥，你更適合從旁支援。我就徹底做好輔助身為支援者的你吧。』

「……的確沒錯。」

費拉特沒有刻意問傑克：「你已經不能戰鬥了嗎？」

因為就連從他的角度來看，傑克也已經明顯虛弱。

名為寶具的概念遭奪後，目前傑克的靈基明顯不穩定。

但是，費拉特又另外問傑克：

「……打倒那個人，可以讓狂戰士先生的靈基復原嗎？」

『心知肚明的問題不需要問我。你「看到」了吧？』

「……是的。就我所見，靈基已經完全融合了……該怎麼說呢……就像是融入感覺非常噁心、像爛泥般的物體之中……」

『是啊，就算消滅那個，那份力量八成也不會回到我身上了。唯有先讓我消滅，再從英靈之座召喚我顯現，才能復原吧。』

傑克這麼一說，費拉特沮喪地表示：

「可是，那傑……狂戰士先生就會連同記憶都受到重置，到時候的狂戰士先生，和現在的就會是不同人了吧？」

『別顧慮了，叫傑克吧。既然我都闡述寶具到那個地步，那我的真名早已形同曝光了吧……雖然或許會在【英靈之座】上留下紀錄，但既然是以聖杯戰爭的棋子身分受到召喚，那記憶當然會是不同人。如果出現很特殊的……不對，除非是發生可用異常形容的事態，那狀況或許會不同。』

「嗯，我知道。教授也是即使明白，還是想要見到那個人，但是……」

『哦……你的老師，是聖杯戰爭的經驗者啊。』

明明放眼所見的距離內，金色英靈的寶具正在交錯亂飛，但是這兩人之間的對話，卻好像日常生活中的閒聊一樣。

是費拉特與生俱來的氣質造就的吧。又或許，可能是他在顧慮傑克的情況。

傑克自己也早已察覺。

如果不靠持續對話維持住自己的理性意識，靈基將會面臨最糟糕的狀況。

『話雖如此，我們不能毫無辦法地在這裡旁觀。既然無法撤退，就必須想辦法阻止那個化為惡鬼的英靈。』

「要是能讓那個金色的人和他發生衝突，移動到別的地方就好了，但是……」

『那名金色弓兵，就是你的老師提過「絕對不能靠近」的對象吧。如今我也明白他的意思。那傢伙，對任何人都是平等的災厄。基本上，我們只能採取隱密行動了。』

兩人思考，有沒有辦法能在短時間內重振態勢，去掩護警察隊。

話雖如此，實在沒有能好好思考的時間。

畢竟不曉得正在上面越打越烈的弓兵與劍兵，什麼時候會有戰鬥的流彈打到這裡。他們不覺得警察隊能與那名英靈對峙得太久。

「我再使用一道令咒增幅速度，去帶走醫院裡的那名少女如何？」

『根據警察局長那裡得來的情報，那名少女正受到神祕的病魔侵蝕腦髓。所以，我無法贊同在沒有警察的協助下，強行帶走少女的做法。雖然感染別人的危險性不高，但是沒有警察協助就帶走她的話，難保那少女的身體撐得住。更何況，原本預計要帶她前往的教會，現在可是那副德性。』

看到金色弓兵如同門神一樣，佇立在教會屋頂上，費拉特又煩惱地說：

「那麼，用結界之類的加以隔離，讓他們看不見我們怎麼樣？我之前和教授一起去墓地等地方時，學過很多種隱蔽行蹤的模式喔！」

『要是這麼做，奪走我力量的那名弓兵，會將整座醫院都轟成灰燼吧。我想對那名英靈來說，要做到那種程度，應該是易如反掌……慢著。』

「咦？」

『好像有人來了。』

傑克暫時停下對話，提醒費拉特警戒周遭。

費拉特向周圍集中意識，發現他們隱藏身影的植樹前方，不知何時有道身影接近過來。

看到那身影的瞬間，以主人身分登錄於儀式參與者中的費拉特，頓時明白對方和傑克一樣，是以英靈身分顯現的存在。

同時也了解到，對方不是戰鬥方面的英靈。

接著，傑克立刻變身為巨大的狼形之軀，像要威嚇對方般發出怒吼：
「停在那裡別動！你是什麼人！」
「哇啊！傑克先生變成路．希安了！」
費拉特對傑克喊出某個專有名詞，但是他沒有回應，而是盯著逼近眼前的男人。
對方留著顯得古風的平頭，但身著顯然出於專人裁縫的高雅服裝。
雖然沒有戰士的氛圍，卻也散發著與魔術師、騎兵不同的氣息。
「看那身服裝，你應該是一兩百年前的法國人？」
說話的是以「開膛手傑克的真正身分是頭野獸」的傳聞為基礎，變身成狼姿的傑克。
對傑克這句充滿野獸特有的殺氣以及威勢的疑問，在他前方十公尺處駐足不動的男人一邊聳肩，一邊說道：
「喂喂喂，沒人教育過你不要以貌取人嗎？我可是沒有那樣對你喔。就算你接著說自己喜歡吃科梅爾西的瑪德蓮蛋糕，我都不會驚訝呢……大概吧。」
「啊，那個很好吃呢！科梅爾西的瑪德蓮蛋糕！」
費拉特保持警戒，同時回應對方，結果那名男人又有反應。
「哦？這話題談得來呢。原來還是很有名嗎？科梅爾西的烤點心。」
「對啊！我一位法國當地的朋友，常常當作伴手禮送給教授和朋友呢！」

「這樣啊～真想嚐嚐看滋味，比較一下是不是已經和我活著的時候不同了呢。哎呀，結果剛剛的對話，不小心曝露我果然如外表所見，是出身法國的人呢。不過算了，和瑪德蓮蛋糕的滋味相較之下，我的事根本不重要啊。」

神祕男人與費拉特又聊到法國當地政府團體的話題，呈現談笑風生的氣氛。

在他們身後上空，仍然有寶具流星不斷地從天而降，站在一旁的巨狼傑克流露出不太自在的眼神，向費拉特搭話：

「喂，不是讓你聊那些事的時候了。誰知道警察隊還能應付那個怪物多久……」

然而——

「這個男孩有點難以揣摩呢。」

隨著男人嘴角一揚，氣氛也改變了。他說道：

「一邊和我暢聊點心話題，又一邊偷偷地在我的影子裡編入術式，這怎麼看都是魔術師的舉動。但是啊，術式明明已經完成，還是繼續大聊特聊點心話題，這種行為又不像個魔術師了。」

聽完男人所言，傑克驚訝地看向費拉特。費拉特則是感到莫名其妙，詢問男人：

「咦？我編入術式，是顧慮到萬一你是敵人會有危險才這麼做的。如果你不是敵人，我發動不但浪費魔力，對你也不好意思，不是嗎？」

「……」

沉默地觀察一會兒後，男人看著費拉特，愉快地繼續說道：

「男孩……『你是什麼來頭』？」

「咦……？喔，是在問我的名字吧！我叫做費拉特！因為全名長得離譜，而且還要避免成為施咒的對象，所以我不能輕率地全部告訴你。但是，我平常對人自稱的姓名是費拉特·厄斯克德司！現在是狂戰士先生的主人！」

「呃，我不是那個意思。不過算了。還有，自己有全名的這件事，本身就是不能輕率說出的事喔。反正，你們都不小心報出名號了，那我不自報就不公平了呢。」

聽完，傑克懷疑地問道：

「……報名號？再怎麼說都是個英靈的你，要向同為聖杯戰爭參與者的我們報上名號？」

「像你那樣彷彿在宣言『我就是開膛手傑克啦～！』並揭露寶具的人，好意思說我嗎？不過，你大鬧社會的時候，好像是在我死後的事情就是了。」

「……」

「我的真名不管曝光與否，都不會改變我的弱點。腦袋被砍掉會死、心臟被捅會死、溺水會淹死、吃不飽會餓死、受寒會凍死、年紀大會老死——你瞧，一大堆弱點。你說說看，一個連簡單的詛咒都防不住的男人，事到如今還有什麼弱點好曝光的？」

這名英靈看似毫無敵意，但傑克礙於本身靈基的現況不能從容以對，又處於要保護費拉特的立場，他還是不改警戒的目光。

「我不懂。既然你毫無與我們為敵的意思，為何來接觸我們？」

「喂喂喂，咱們的主人都同盟了吧？『主人結盟了，更何況使役者』——就是這麼回事。」

「……原來如此，你是『那種立場』啊。那樣的話我就明白了……」

傑克與費拉特，曾經聽與他們同盟的主人，也就是史諾菲爾德市警的局長說過：「我雖然不會說出我的使役者真名，但是反正他只專門安排後方支援，不會有機會與你們見面。」

雖說組成暫時性的共同戰線，但因為最後還是要圍繞著聖杯爭奪廝殺，那當然不會說出真名。讓使役者之間毫無意義地接觸，稱不上是上策。

正因為傑克也如此接受，他才不得不認為，對方的使役者出現在眼前是極為不自然的狀況——

「話雖如此，我是有相應的理由才自報名號。在戰鬥方面，我沒有義務擔保我們雙方能有正經良好的聯手關係，但是看到男孩的做法後，我判斷最能與男孩好好合作的步驟，是坦率地曝露我一部分的真心（臟腑）。」

正因為很清楚傑克會投以那樣充滿疑慮的眼神，那名英靈愉快地聳肩，同時報上了名號。

「我的名字是——仲馬。不知為何就成為術士了。」

「咦？」

費拉特不禁回以疑問，自稱仲馬的英靈聳肩回應：

「男孩，你聽說過亞歷山大・仲馬嗎？」

「咦咦！」

這次費拉特發出更明確的驚呼，大聲問道：

「哪、『哪位』仲馬？」

「哪位？」

「是拿破崙部下中的超強將軍，老仲馬嗎！還是那位將軍的作家兒子，就是寫出《三劍客》、《Les Mille et Un Fantômes》等等著作的大仲馬？該不會是更下面的兒子，寫出《茶花女》的小仲馬？」

「是第二個的大仲馬。姑且不論《三劍客》，你連更小眾的作品都知道呢。不過，比起我的作品，犬子的作品似乎更眾所周知，太好了。」

術士——大仲馬自嘲似的笑道。費拉特眼神閃爍地大喊：

「什麼話，我當然知道你的作品啊！《三劍客》的電影、動畫、人偶劇我都看過喔！不會吧！你真的是本尊嗎？」

「英靈就像拷貝般的玩意兒一樣，問我是不是『本尊』我也很難回答你。不過，就問我是不是大仲馬的意義而言，答案是Yes（Oui）。不過，我原本以為我的書不會留存百年以上呢。不曉得這算是好是壞，這表示無論經過多少年，人的本質還是不會改變太多吧。若你想憧憬誰，還是選我兒子比較好喔。他的才能保證貨真價實。」

「別這樣！請別說得好像自己的才能是假的一樣！我待的那間教室，雖然同學們、學長姊們大家都是些書痴，但是都擁有幾本當時出版的原本喔！好厲害，太厲害了！傑克先生，我們等於擁有了百人之力耶！啊啊，我真的好想和這個人再多聊聊，多打聽出一些他的情報，但是還得先去救那些警察才行。我們就拜託他幫忙吧！」

「嗯……的確也沒時間了。既然主人那麼說，我就暫且相信他吧……」

說完，傑克再度變回手錶，繫回費拉特的手腕上。

見到如此情況的大仲馬，咯咯笑道：

「感激不盡。不過，要靠我一個人處理這個情況，怎麼說都太勉強了。還要特地變成可以不必自己行動的手錶，就表示你的靈基相當糟糕了吧？」

大仲馬的視線看向將教會夾在中間的更遠處，在大馬路那邊斷斷續續閃爍的閃光。

不知何時，英靈們已經從教會屋頂上轉移戰場了。但是他們不曉得這些陣陣閃光，以及不斷響起的轟隆聲究竟是出自誰之手。

「不過，即使如此你們還是希望我幫忙的話，我可以協助你們。」

「真的嗎！」

「小子，你啊……雖然看起來不像個魔術師……但為了達成目的，你做好覺悟要將自己的性命扔入大鍋了嗎？」

「咦？」

「放心，會採用最新式，而且附設計時器的壓力鍋來煮。不是那種煮完後，成果不穩定的魔女大鍋。」

大仲馬一邊說著奇怪的話語，一邊對費拉特與傑克揚起無畏的笑容。

「最棒的是，負責調理的人可是我呢。」

幕間

「傭兵、刺客、吸血鬼　I」

「……好亂來的一群傢伙。」

即使臉上沒有流露任何感情，西格瑪還是有些傻眼地說出感想。

在這次聖杯戰爭中置身「幕後黑手方」的這名青年，既是一名使用魔術的傭兵，更是原本應該要成為槍兵主人的人。

但是，受到身為神祕職階「看守」的英靈附身後，處於這種狀態的他為了提昇自己的生存機率，與劍兵以及刺客組成暫時的共同戰線。

接著，西格瑪以「看守」的影子們帶給他的情報作為基礎採取行動，前來觀察在醫院昏迷不醒的少女、與她締結契約的使役者，以及目標為少女的其他陣營的敵人。

關於從自己的使役者手上得到的情報，西格瑪以「上層傳達給他的情報」說法，騙過劍兵、劍兵的主人沙條綾香，以及刺客。

西格瑪的英靈是以居高臨下俯瞰的形式，一直掌握住這座城市目前發生狀況的神祕英靈。

不但對「看守」這個職階的特性不明所以，甚至沒有自己的明確目的就捲入這場聖杯戰爭的西格瑪，目前周圍的大多數人都將他視為「士兵A」來看待。

不如說，就是將西格瑪帶進這場戰爭的法蘭契絲卡本人，希望他能一直以「士兵A」的身分存在，有此結果自然是理所當然。不過，與西格瑪締結契約的英靈，正在逐漸將他改變成這場「虛偽聖杯戰爭」中的特別存在。

話雖如此，西格瑪不可能具有與英靈相當的戰鬥能力。

雖然西格瑪一直遊走世界各地，以使用魔術的傭兵身分累積實力，但實在不可能與英靈之類破格的使役魔相提並論。再加上目睹到劍兵與金色英靈的攻擊後，讓西格瑪領悟到自己是多麼不適合這裡的存在。

「那個人是英雄王吉爾伽美什，是最初的英雄之一喔。」

持蛇杖的少年——「影子」之一那麼說道。

這些影子既是「看守」的裝置，也是僅會向西格瑪傳達情報的系統。

或許是直接與大腦連結的關係，西格瑪以外的人都無法認知到他們的身形與聲音。

西格瑪雖然想過，乾脆當作是自己看到的幻覺會比較輕鬆，但是他們傳達的情報不但準確，甚至還有靠自己的知識無法明白的事情。到了這個地步，西格瑪也不得不理性認識到那些真的是英靈的力量。

「我斬釘截鐵地說，現在的你毫無勝算。」

身形從蛇杖少年變成有著機械翅膀的少年「影子」說道。對於他的發言，西格瑪在內心嘟嚷：

「用不著你說。」

看一眼就能明白，那個英靈從一無所有的空間射出的，都不是尋常武器。

不是靠魔術或現代槍械就能勉強應付的對手。

利用震撼彈或閃光彈應該可以讓對方在一瞬間分心，但是面對吉爾伽美什這名英靈，很難認為情況能因此好轉。

要是至少能和劍兵完美地聯手合作也好，但是和他才相遇不久，兩人沒有默契可言，再加上他的主人——沙條綾香非但不是正式的主人，甚至不是魔術師。

既然如此，此刻能成為戰力的只有一個人。

那就是與劍兵、吉爾伽美什同樣是英靈的那個人——站在一旁的刺客少女。

「妳打算怎麼辦？」

想不到明確的作戰計畫。

可是，毫無行動地既不攻擊也不撤退的話，只會沉入這片殺戮的泥沼裡。

那麼，配合身邊的牌行動就是上策。西格瑪如此判斷。

於是，她靜靜地開口：

「我要去保護幼童。你知道她的房間位置嗎？」

「妳真的要去？……或許會和那名變成惡魔般的弓兵，還有那個金色的格林機槍交手喔。」

「……我不會從正面前往醫院。雖然不甘心，不成熟的我若要誅滅他們，必須不折不扣地拚盡全力才行。而且即使盡了全力，能不能抵達醫院還是很難說。如果只關係到我自己，那還沒問題，但是救幼童才是目的，對吧？」

「那個是那些警察的目的，不是妳的。」

「？」

刺客少女似乎聽不懂西格瑪的話中意圖，靜靜地表示疑惑。

對於那樣的她，西格瑪淡然地述說：

「對方是未曾見過面的小女孩，成為敵人或同伴的機率都不高。不如說，萬一那名重要的保護對象，以及與她締結契約的使役者視我們為敵人，將會陷入得與那名沒有交戰需要的英靈正面交鋒的狀況。合理地思考，去救那名少女對妳並沒有好處。」

「……原來如此，你這個人內心毫無信仰呢。」

刺客好像徹底明白了西格瑪這個人似的點點頭，直視著西格瑪說道：

「對我當然有好處。而且理由很合理。」

「合理？那理由是……」

為什麼會想詢問那種事情？西格瑪自己也不明白。

或許純粹是因為，他掌握不住刺客以自身意志涉足麻煩事的性質才詢問也說不定。

刺客對做出那樣反應的西格瑪，以流暢的話語說道：

「心靈尚未成熟的幼童能夠得救，就是『至高無上的好處』。」

刺客述說著，同時開始無聲無息地移動。

彷彿要將這條「化為戰場的大馬路」的縫隙縫住一樣，刺客應該是打算採取繞遠路的方式接近醫院。

西格瑪一邊緊追在後，一邊像是半自言自語地說出疑問：

「……？我不懂。雖然是小孩子，但她是陌生人吧？而且這孩子往後會不會與妳步上相同的信仰之路都很難說呢。」

如果是為了增加與自己同樣教派的信徒，倒還能理解刺客為何這麼做。

但是，那是不惜賭上自己的命都該拯救的嗎？

「我還不夠成熟。若是那些信仰虔誠的人，本來就不會考慮有無好處這件事。就像呼吸一樣，只是生存於世、聽從偉大聲音的指示選擇該走的那條路。」

「……雖然我本來就不太懂所謂平常的價值觀……不過，處於這種狀況下的妳仍然想要拯救小孩，不就是因為妳信仰虔誠嗎？」

聽到西格瑪的話語，登峰造極的狂信者只看了西格瑪瞬間，就搖頭否認。

盛滿刺客眼中的感情，是對自己的忿怒以及哀慟。

「我無法捨棄對那些異端者的憤怒。無法心懷寬容之情。現在步上的路也一樣，只要我還心存想要拯救他人的願望，便是在輕視命運——這只是傲慢，不是信仰虔誠。因為這樣的不成熟，我才無法獲得允許邁向通往山郭之中的道路。」

「……」

隨著兩人消聲匿跡地通過大馬路，又更接近了醫院。

警察隊與弓兵的戰鬥已經開始，另一名弓兵——吉爾伽美什與劍兵也進入了交戰狀態。

先不論刺客的狀況，那些人在交手間放出的流彈，哪怕只要挨中一發，西格瑪肯定會斃命吧。

西格瑪一邊警戒著雙方的戰鬥狀況，一邊使用消音與強化肉體的魔術，才勉強能緊跟著謹慎前進的刺客。

刺客淡然地對處於這種狀態的西格瑪繼續述說：

「但是，那種事根本無所謂。我的不成熟，不能成為我不去拯救小孩的理由。」

「……我懂了，是那種意思啊。」

西格瑪此時微微低下頭，念著小孩這個詞彙，不禁喃喃道：

「我們……就沒有人來拯救啊。」

瞬間——朝著醫院後門接近的刺客停下腳步。

察覺到自己失言的西格瑪，面無表情地將視線從刺客身上移開。

下一瞬間，西格瑪身後響起聲音。是由影子之一——曾經表示過「稱呼我為船長吧」的老人所發出。

「唉唉~你怎麼說出來了呢……搞什麼玩意兒，你是笨蛋嗎？這是在對正打算去拯救他人的人哭訴『就沒有人來救我』嗎？還是嫉妒在醫院裡睡覺的小鬼？覺得開個玩笑停下腳步，讓那個小鬼遭逢與自己一樣的不幸是可喜可賀的大好結局？」

西格瑪完全無法反駁陣陣嘲笑般的聲音。

一個理由是，回應只有自己聽得見的聲音，會遭到刺客懷疑。

另一個則是——因為自己毫無能夠反駁的說詞。

西格瑪沒有想祈求聖杯的強烈心願，也沒有必須活過這場戰爭的理由。

他只是個單單憑著「沒什麼原因，就是不太想死」這樣的理由掙扎至今的傭兵。

當西格瑪懷著此種心態活到現在的當下，對他而言那或許反而是自己的強項了——而且絕對不是能自豪的要素。

聽聞刺客的話語，西格瑪想起自己年幼時的往事——白天還坐在隔壁的人，當晚就成為毫無血液循環的「物體」遭到處理收拾，便自然吐露了剛才那句話。

為什麼？

為什麼，就沒有人來救我們？

為什麼，在醫院的少女就能得到拯救？她和我們有什麼不同？

若是此刻以前的自己，理應能用「不過就是運氣好才有那種機遇」來回答，分離自己。

既然如此，為什麼剛才的自己會吐露那種話？西格瑪察覺到自己這個存在，正在動搖不定。

——這是不好的傾向。

——對身為使用魔術的我、身為傭兵的我，都不是好事。

死亡的降臨，會從內心動搖的人開始發生。

在過去的工作中，自己已經親眼見證許多次那副光景。

「抱歉，剛才是我失言——」

西格瑪想要中斷話題，藉此恢復內心的平靜，但是他的話語被回過頭的刺客打斷。刺客直直注視著西格瑪述說道：

「沒能拯救年幼的你，是我不成熟。」

「……」

「沒能在現場遇見你、拯救你，那正是我不成熟的證明。」

西格瑪覺得刺客這段話太不講道理，回道：

「妳是英靈。雖然我不曉得妳是死於什麼時候，但是我們的時代、所待之處都不一樣，妳不可能遇見年幼時期的我吧？」

「時間與地點的差異等等，都是不值一提的小事。我和你在此時此刻『像這樣處於同樣地點』就是明證。」

站在西格瑪的角度，刺客這段話根本脫離了常軌。

倘若自己的信仰是完全的，應該就會站在年幼的西格瑪面前，拯救他才對。刺客那段話就懷著這種確信。

如果現在的自己是過得幸福的人，或許會對刺客的發言感到憤怒。

即使不幸，假如是自己選擇的道路，或許還是會反駁吧。

會反駁「我很滿足自己的過去。也不記得自己曾經求過誰的憐憫，更不記得求妳拯救我過」這種說詞。

但是，心底湧現不出憤怒。

因為西格瑪自己都不禁同意，認同了刺客一半的說法。

——啊，原來是這樣。

——我……「曾經希望有人來拯救我」嗎？

——要是當時有某人……在那個地方拯救了我們，一切都會不同嗎？

——要是在法蘭契絲卡滅掉國家的更早以前……趕在大家都死掉前出手拯救他們的話……

——又或者……到更早以前……

——拯救到我母親的話……？

——不，要是拯救了我母親，我也理應根本不會誕生。

隨著想起自己的出生過程，西格瑪靜靜地低了頭。

——一旦拯救一切，我的幸福、不幸，甚至起源都能「不曾存在過」了嗎……

「……挺有趣的想法呢。好像曾經有過那種喜劇。」

「？」

西格瑪的自言自語，讓刺客感到疑惑。

他向那樣的刺客，回答開始移動前她詢問過的事情。

「……警察的捕捉對象……繰丘椿住的病房，位於這邊看過去的最上層、最右邊的房間。」

如此聽聞的刺客靜靜點頭說：

「感謝你，之後的我自己處理。」

「等一下。」

「？」

留住刺客的西格瑪仍然面無表情，他在瞬間思考後說道：

「……我也一起去。要保護她雖然會不放心，但是或許我有能順利防止感染，並且帶走她的辦法。」

根據看守傳達的情報，「侵入繰丘椿的病原細菌，是不會經由空氣感染的類型」。

但是這不表示今後也會一樣。

畢竟，還有神祕的英靈依附著她。

也有可能對椿的身體動手腳，讓細菌的性質突然改變。

但是反過來說，只要能巧妙地使那名英靈成為友方，不但能成為強力的夥伴，也能輕鬆地移動椿前往安全的地方。

剩下的就是按照當初的計畫，由警察相關的人士對付那名英靈，使其無力化就沒問題了。也能向法迪烏斯呈上還過得去的報告。西格瑪是這麼盤算的。

「你不用勉強自己。萬一出事情，我會用扛的帶走她。」

是以為自己不會跟到最後嗎？雖然刺客如此說道，但是黑髮青年靜靜地搖頭否決，回應她：

「那女孩的身體狀況恐怕承受不住妳的動作。長期陷入昏睡狀態的肉體，光是施加強烈的負擔也會導致心臟停止。我看過實例。」

——小時候，就有同胞是這麼死的。

西格瑪並未說出那段記憶，而是提出一項提議。

「附車輪的擔架（擔架床）我應該用得比妳習慣。帶她出去後，我會把這件事告訴那名惡魔般的弓兵。

那樣一來，醫院應該就不會成為他的攻擊對象了。」

萬一保護了椿一個人，結果醫院毀掉就太淒慘了。

「哦～真有意思。你現在是為了誰而提出那個作戰的？」

外形是持蛇杖少年的「影子」詢問西格瑪，語氣不知為何似乎有些開心。

——為了……誰？

「這件事無關你的任務。而且這樣做，就如你說過的一樣沒有好處。明明如此，你怎麼會打算輔助她的行動呢？」

「影子」說出彷彿在測試西格瑪的話語。

「……喔，沒事，抱歉。雖然我是影子，還是有受到生前的人格影響呢。要是以英靈的身分顯現，會成為別的姿態吧……不過，我們『影子』姑且算是個別意識的行動表現。就當作是留在我們影子中的殘渣在鬧著你玩，當作耳邊風吧。」

蛇杖少年如此解釋，但是西格瑪無法輕易地當作耳邊風。

因為——西格瑪自己都「無法解釋」是用什麼理由判斷後，才決定跟隨刺客。

——這真的是不好的傾向。

──為什麼我不把事情交給她就好，自己撤退離開？

──迷失自己精神的方向性，對身為傭兵、使用魔術的人而言都是致命的瑕疵。

西格瑪打算告訴刺客，經過重新考慮後自己還是決定離開。但是──

「……感謝你。」

刺客低著頭如此說道。她的聲音，挽留了西格瑪的心。

「你正試圖想要行善。比起我這種骯髒的人，你更值得獲得救贖。」

──……

──現在才說「我還是決定回去」的話，我們的關係會惡化到無可挽回吧。

──這將會使我的任務成功率，以及生存機率出現障礙。

一瞬間思考過那些事後，西格瑪沒有回應刺客的話，只是沉默地追隨她。

這一夜，響徹著英靈們激烈交戰的聲響。

彷彿要暫時遠離那些聲響一樣，兩人繞到醫院的後門，確認四下無人後，邁進醫院的土地範圍。

十層樓建築的醫院內部，已經由警察隊的魔術師之手鋪設了驅人結界，有病患入住的病房樓則是鋪設了睡魔的術式。

值夜班的看護士已經暫時陷入沉睡狀態，也到了住院患者自然就寢的時間。

由於要是就寢中的患者發生病狀惡化的情形，有可能產生不必要的受害者，所以魔術發揮效果的時間，已經設定在最低限度。

從看守那裡得知這些情報的西格瑪，認為既然如此發出一些聲響應該也沒問題，就嘗試從醫院的後方以最短距離邁進。

然後，他們迅速地穿過醫院的後院，但是——來到一半的位置時，刺客揪住西格瑪裝備的衣襟，一口氣將他拉到旁邊。

「！」

妳做什麼——比西格瑪提問的速度更快，已有物體墜落到他剛才站的地方。

大量插在地面上的金屬片。

那些都是已經歪七扭八的凶器。

是由許多半融的手術刀，以及剪刀融合在一塊兒的，成為長槍形狀的刃物集合體。

看到那些凶器大量地墜落下來，西格瑪預想著——這座醫院裡的所有手術刀、剪刀，以及骨鋸之類的工具，該不會都將聚集到這裡吧。

「答對了，小子。那傢伙可是能在這麼短的時間內，大量集合醫院裡的刃物喔。」

變成船長的影子在稍微遠離西格瑪的地方笑道：

「好了，『第二場考驗』來了。小子，克服這關，成長給我看看吧。」

西格瑪不將其視為對手，他推測那些刃物的飛行軌跡，朝它們飛來的方向看去。

接著——

在刃物射來之處，也就是醫院五樓左右的位置，有個與白色牆壁垂直佇立的男人身影。

「……唔！」

一陣悚然。西格瑪的魔術迴路頓時變得不安定。

雖然處在一旁的刺客的魔力也變得暴亂，但是——

彷彿無視重力般地佇於牆壁上的「那個」所蘊含的魔力，其可怕程度更是凌駕刺客之上。

又或者，不只是魔力感知偵測到的感覺，以使用魔術的傭兵身分，長久戰鬥下來練就的本能來形容或許也可以。

——「那個」很危險。

——雖然聽影子提過這裡有「吸血種」存在，但是「那個」是即使在吸血種中也是屬於高階的存在。

——雖然不是「最高位」那類存在，但和尋常的魔物可是不同等級。

——「那個」原本就是人類不能為敵的對象。

西格瑪僅有一次經驗。他曾經與類似的東西戰鬥過。

那時候是與其他有名的魔術師、使用魔術的人，大家一起聯手才好不容易將其打倒，但是——此刻處於自己眼前的「那個」，是比自己打倒過之物更危險的存在。身為使用魔術的人，西格瑪累積至今的生存本能正在不斷地敲響警鐘。

「那個」對瞬間僵住——不是因為恐怖，而是受其魔力所震懾的西格瑪說道：

「……你採取的判斷不錯，小鬼。」

「……？」

西格瑪對這句話感到疑惑。「那個」一邊慢慢地拍手，一邊繼續說下去。

「要是剛才……你做出擱下令人憐愛的她一個人撤退離開的那類行為，我就會挖出你的心臟，弄碎磨成爛泥後和沙子混合在一塊兒，然後撒到養豬場的飼料箱裡喔。」

男人一邊宣言著不知為何只有養豬場單方面會受損的話語，一邊滿臉笑容地降落到地面上。禮儀端正地行禮過後，「那個」一邊怒瞪著西格瑪，一邊露出忘我的笑容——做出這種靈巧的表情說道：

「而且，你竟然做出錯得最糟糕的判斷，小鬼。」

與剛才說過的話完全顛倒，男人說出極其不講理的發言。

「區區的矮小人類，居然做出與我親愛的人兒共步前進這般行為，這種事我絕對饒恕不得。說起來，光是我親愛的刺客自然地與你這種傢伙對話，我就已經『忍無可忍』了。」

「那個」喀喀地弄響脖子後雙臂大開，伴隨著凶狠的笑聲與自身的激憤，放聲主張道：

「我要讓你的身體死不了，再將你的魔力迴路一條一條地『吸下來』。還要戳爛眼球粉碎骨頭剝下血肉侵犯腦髓冒瀆心臟攪拌肺臟，將五臟六腑蹂躪至徑寸大小。啊啊！啊啊！對了！就活生生地將身體剁成成萬上億條細絲，撒到養雞場的飼料箱裡吧！」

男人隨著語調漸漸紊亂，拱下背仰望過反射著金色英靈的寶具光輝的夜空後——又切換成忘我的微笑，轉頭看向刺客。

「當內心能接納的僅有對象變成那樣子的時候，妳會產生什麼樣的感情呢？啊啊……哦……太棒了！美人兒，妳果然棒極了！光是想像妳被自己的淚水弄髒身體的樣子，我就要飆淚了！」

看到一邊說話，一邊當真流出歡喜之淚的「那個」——名為捷斯塔．卡托雷之死徒，刺客早已展開行動。

她抹除自己的心情，不過還是將累積到剛才為止的激憤附加到魔力上，朝身為自己主人的魔物一躍而去。

同時，從劍兵借給自己，用來代替魔物之魔力的臨時魔力中——

將大半的魔力量，注入進自己的寶具。

「黑炎纏繞——」

「——————【非想巡靈(Zabaniyah)】——」

第十五章
「黃金與獅子　II」

身穿金色盔甲的英雄王——「裁定者」吉爾伽美什仍然站在一開始佇立的教會屋頂上。

已有數處插著寶具的教會屋頂，雖然到處都正在逐漸崩毀，或許是因為有鋪設牢固的結界之故，屋頂才勉強能維持住形體。

在第三者的眼中，那彷彿是美麗的舞蹈。

在生死夾縫間以不尋常的速度飛奔舞動的劍兵，其模樣不禁吸引了正在實際觀測那副光景的緹妮，以及使用遠見術式的眾人的目光。

王與王的鬥爭。

但是，那絕非公平之戰。

那副景色，看起來是一名王者，在伺機要對坐鎮高處的金色王者以下剋上的構圖。

反過來說，也能視為是居於高位的王者，正在制裁下位王者的畫面。

但是，劍兵也因此才要進擊。

既然同為王者，優劣就會隨著時勢改變。

這場以爭奪那優勢為理由掀起的戰鬥，讓兩人此刻的攻防可謂是在打一場仗——一場僅在王者的靈基之間進行的，世界規模最小的「戰爭」。

不過，其中一名王者擁有子民打造完成，再由王蒐集到的無數財寶。

相對的，另一名王者卻只有七個「支援者」。

裁定者——黃金色的王絕無一絲大意，認真地朝劍兵傾注攻擊。

但是，對於纏繞黃金的王之攻擊，過去人稱「擁有雄獅心」的王仍然沒有停止進擊，而且又讓身體更加速，穿過死亡的夾縫。

神速。

通常，英靈間的戰鬥看在人的眼裡，多的是脫離了人類範疇的表現。

但是，即使將這點考慮進去，劍兵的速度還是顯得有些異常。

身為英靈的基盤性能，本身具有的速度。

施加魔術性的增幅處置，得以達到的速度。

以及只能說是得自英靈之座賦予的，與他逸事相關的某種「加護」造就的速度。

將其一切都交錯組合後，具備了以英靈而言也是特異速度的劍兵，在化為戰場的林立大樓間

四面八方地跳來跳去，同時以圓形的軌跡一點一滴地縮短距離。

一度行動過的獅心王的進軍，其威力的確相當於橫掃大地與海洋的暴風。

——「只有具備避風加護的將軍，才總算能阻止他。」

令人如此傳頌，無與倫比的進軍速度。

有「總是以平時行軍速度的三倍速奔赴戰場」這種逸事的獅心王，與對方的距離終於縮短到劍能觸及金色英靈的地步。

「哦，即使不敬也要站到我面前來嗎？」

總算能開始了——金色的王說出彷彿帶有此意的話語，施放「國王的財寶（Gate of Babylon）」，同時往身後飛去，打算再次拉開一大段距離。

但是，那成為給予劍兵大好機會的狀況。

「——『恆久遙遠的……勝利之劍（Excalibur）』！」

劍兵奮力躍向飛舞於空的金色弓兵，以手中綻放光輝的劍，劈出化為巨大光帶的斬擊。

「天真！」

接著，吉爾伽美什在自己面前顯現出無數面盾牌，光帶在其抵禦下隨即霧散。

「沒想到你會用那種模仿星之遺物的贗品來對待我。要不是我正在進行裁定，這已是足夠你死上萬次的愚行了，雜種！……唔。」

當擴散開的光點消失，吉爾伽美什一讓浮著的無數面盾消散時，才發現一直處於前方的劍兵竟然已經失去蹤影。

而且還感覺到，在著地的自己身後，教會傾斜的屋頂下方傳出龐大的魔力。

金色的弓兵雙眼一瞇、轉頭看去，便見到架著劍的劍兵身影。

「——『恆久遙遠的…………勝利之劍（Excalibur）』！」

由斜下往上的撈斬，擊出第二次的光帶。

但是，那一擊也如剛才一樣，受到無數的盾牌抵禦住。不過——

威力與先前的第一擊是不同等級。承受那波攻擊的盾牌被往上推起，使金色王者的身體浮上數公尺。

「你……」

金色的王從盾的隙縫間，確認到劍兵的手中正握著自己射出的寶具。

「我說過會跟你借用了吧？」

劍兵緊握住長劍寶具，同時鑽進浮起敵人的正下方，並且直接又讓劍纏繞光輝。

劍兵最初手握的裝飾劍，在他第一次解放真名時，就伴隨著那一擊粉碎了。

但是，纏著神話時代氣息的寶具，即使在第二次解放真名後仍然健在，繼續擁有身為寶具的性質。

劍兵就這麼以彷彿噴出魔力般的形式，擊出了第三次的光帶。

金色的王向正下方展開盾牌抵禦，雖然有防住這一擊，但是身體又被推上更高空。

然後，劍兵又往那裡擊出第四次的光帶。

劍兵從教會的屋頂接連地朝天擊出第五次、第六次的光之斬擊，完全不給對手重整態勢的時間。

更恐怖的是，就在揮擊間的間隔緩緩縮短，斬擊次數超過二十次的時候，光的綻放已經毫無間斷，呈現一條從地面擊出、貫穿夜空的巨大光帶。

簡直就是在宣言，這不僅是無限的連擊，也是永無止盡的強烈一擊。

×　　×

數分鐘前　醫院前　停車場

時間回溯到稍早之前。

在醫院與大馬路之間，設有一座停車場。

那個具備適度寬敞空間的地方，因為驅人結界的影響，幾乎沒有車在這裡停放。從這裡到約翰被打飛到的醫院入口之間，完全沒有障礙物。

由於約翰受到攻擊，導致還留有餘力的所有警察一起展開行動。

他們手上都各自握有不同的「寶具」。

這些本來已經失去神祕或魔力，早就是單純遺物的武器，經由術士之手寫上傳承後，成為了「仿造品寶具」。

他們的攻擊，可以說已經將所有想得到的作戰——舉凡佯攻、從死角偷襲等花招都加進去了。

實際上，他們之間的合作，比起在警察局與刺客交戰時的表現，可以說甚至有更高的水準。

但是——奪走狂戰士的寶具，得手惡魔之力的弓兵，不但毫不迴避，甚至也不用手裡的武器擊敗他們。

他的身體雖然承受了一切擊向自己的刀、箭，以及槍彈，但是絲毫看不出有發揮效用。

「可惡……這傢伙，也和那個叫捷斯塔的死徒一樣嗎……！」

其中一名警察咬牙切齒地說道。

他們的腦海裡，浮現了在警察局遭到蹂躪瞬間的記憶。

雖然面臨到逐漸成為當時狀況的重演，但是每個「二十八人的怪物」的心裡都不存在逃走的選項。

要是在這裡撤退，獲得「正義」稱呼的我們——自己的存在意義將會蕩然無存。

他們與約翰一樣，體內都棲宿著那句出自局長之口，接近暗示的話語。話雖如此，他們也不期望犧牲生命，不斷地思考究竟該怎麼做才能阻止眼前的怪物。

在他們思考的期間，化身成異形的弓兵邁步走來。

但是，剛才瞄準要害的攻擊全部被他身上的布料擋住，伺機攻擊裸露的手臂或側腹時，雖然與擊中布料不同，的確有「攻擊命中了」的手感，但是仍然不及「成功給予有效打擊」的領域。

不僅有那塊讓攻擊完全無效化的布料防身，裸露的肉體也有不尋常的強度嗎？

而且，雖然警察隊還沒正確理解到究竟發生了什麼事，但是考慮到他得到了惡魔之力這件事，其耐力與魔力抗性最好視為也有得到相應的提昇吧。

既然這樣，眼前的敵人不就已經沒有任何弱點可言了嗎？

就在警察隊的腦中浮現出「放棄」這個詞的時候，異形弓兵正一步一步地確實邁步逼近。

「……？這傢伙，為什麼不一口氣攻過來呢？」

一名警察提出疑問，其他警察則答道：

「對耶，他明明可以瞬間就擊垮我們這些人啊……」

這時候，在保持著距離的地方冷靜觀察狀況的女性——身為局長的副官，也是「二十八人的怪物」實質上的核心人物之一的貝菈．列維特說道：

「我想，大概是在警戒狀況吧？」

她身為警察的同時，也是純正的魔術師。

雖然貝菈生為魔術師家系中的妹妹，但是由於姊姊的魔術迴路貧弱，身為妹妹的她便繼承了魔術刻印，在母親的養育中長大。

身為姊姊的艾美莉亞，就在毫不知情魔術世界之事的情況下，在史諾菲爾德從事醫生一職。

由於貝菈的家系屬於肩負責任、必須協助這場聖杯戰爭進行的一方，所以繼承當家之位的她，便在繼承母親部分的魔術迴路的狀態下，參與了這場聖杯戰爭。

雖然尚未完成移植所有的刻印，還是個半吊子的繼承人，但是在「二十八人的怪物」中具備不可缺乏之實力的貝菈，確實可稱為是局長的心腹。

那樣的她接著採取的動作，是從腰間的裝備腰帶，取出一支與現代裝備不搭調的小支玻璃試管。

她將玻璃試管扔向為敵的弓兵面前，並且用手裡握緊的裝飾特殊的轉輪手槍狙擊試管。

子彈準確地擊穿試管——下一瞬間，擴散出了廣範圍的煙幕。

那不只是普通的煙幕。

那陣煙充滿會隨機變化性質的魔力，可說是用於干擾魔力感知的煙幕。

想當然耳，看到那陣連視線都會遮蔽住的濃密煙幕擴散開來後，弓兵低沉地喃道：

「……竟然做這種可恨的事。」

接著，那副巨大的身軀彷彿像要避開煙幕一樣，大大地往橫一跳，移動位置。

貝菈的預測是對的。

異形的弓兵——阿爾喀德斯警戒著的是其他要素，並非警察隊。

是突然出現的劍兵，以及與他開始交戰的英雄王吉爾伽美什。

那兩人現在雖然正在互打，但難以預測何時會將矛頭指向自己。

而且，阿爾喀德斯不只感覺得到劍兵那邊還存在別的英靈的靈基，一開始以「水盾」抵擋住自己試圖摧毀醫院的攻擊的神祕魔物，其氣息也還沒有消失。

這並非一場信守禮儀的決鬥，而是一場攻其無備，出其不意，連身後一點破綻都不能被看到的無盡混戰。

清楚這個道理的阿爾喀德斯，雖能瞬間屠殺四散於周圍並攻向自己的警察隊，但既然不能露出任何破綻，也只能謹慎行事。

這般狀況，正是因為警察隊具備一定以上的實力才得以造就。他們累積至今的事物，以及賭上性命的覺悟，絕非白費。

在場的警察有二十五人。

剩下的是局長的護衛以及蒐集情報的人，他們都留在警局裡。雖然要讓先遣隊前往目標病房，但是由於出現了弓兵操縱的地獄魔犬——地獄三頭犬之故，目前仍然沒有任何人抵達病房。

「要不要派幾個人繞去繰丘椿的病房？」

手握弓之寶具的女警小聲說道，貝菈對此靜靜地述說自己的見解。

「少少幾人過去的話，萬一附身繰丘椿的使役者是敵對的，將會白白犧牲掉。要去的話，我希望由能靠一己之力應付狀況的狂戰士前往，不過他……」

那個狂戰士的靈基身負重大損傷，也許已經在費拉特的令咒下脫離戰線了。

「……如果那名使役者明白繰丘椿已經成為目標，應該會為了保護主人採取某些行動才對。她目前還沒有離開醫院，就表示可能還沒察覺到這個狀況，又或者是根本不想保護她……又說不定是擁有絕對的自信，不用移動繰丘椿也能徹底保護好她。就是這幾種可能性之一吧。」

可以的話，希望是最後那個可能性。貝菈一邊這麼想著，又拿出幾支試管向周圍投出。

才以為那些用魔術投出，飛上天空的試管是要廣範圍地包圍現場，卻立刻全部遭到子彈擊碎，同樣的煙幕又隨即遍布周邊範圍。

貝菈原本打算用這陣煙幕阻礙敵人，並趁著這短暫的時間下指示，派誰當斥侯前往病房，但是——

「白費功夫。」

異形的弓兵將長在背上的惡魔翅膀一振，便在周圍刮起充滿濃烈魔力的風。

帶有不祥魔力的風化作幾道小型的龍捲風，像要吃掉煙幕一樣開始捕捉煙幕。

「這樣的怪物……到底要怎麼對付啊……」

一名警察臉頰痙攣地說。就在警察們的臉上就要泛出絕望的色彩時——

一道身影衝過了煙幕的空隙。

「住手！沒用的！」

雖然看不清楚在暴風與殘煙中的人的長相，但是察覺到那個人穿著與我方一樣制服的警察們，紛紛喊出制止的話語。

實際上，連阿爾喀德斯也認定那是無謀的突擊。

逼近自己的警察無論採取什麼攻擊，都不可能對自己管用。

要是對方採取無視涅墨亞獅皮的加護，以拳頭實行毆打攻擊可能會管用。但是要那樣做，若沒有蘊含相當的魔力，就連造成擦傷都辦不到吧。

阿爾喀德斯很明白，自己唯有在拉弓的瞬間會阻礙到雙手，而那將成為曝露給其他英靈機會的破綻。

尤其是那個英雄王。即使他正在與劍兵交鋒，還是有可能順勢朝自己擊出必殺的一擊。或者若「流彈」直擊到涅墨亞獅皮縫隙處的情況，甚至會直接成為致命傷吧。

又或者，要是自己擁有留在變質前的，具備十二條命的寶具在身，或許就會不太介意地全力拉滿弓——但是，現在並非值得露出那個破綻的狀況。

既然如此，就像最初打碎脖子的那名勇敢警察一樣，用揮舞手臂的一擊除掉吧，就這麼決定。

阿爾喀德斯手臂舉高，等待躲藏於黑暗及煙霧中的警察向自己逼近的那一刻。

接著——在那瞬間，阿爾喀德斯感覺到自己身後膨脹起龐大的魔力。

「！」

——這股魔力是……劍兵嗎？

是正在與吉爾伽美什交手的那個劍兵，擊出了什麼寶具吧？

雖然感覺到那股魔力並非擊向此處，而是朝天擊去，但是阿爾喀德斯並沒有將目光從這個逼近眼前的小小威脅身上移開。

這樣的行為，是否真的出自連對矮小的敵人，都有做好不容大意的心理準備之故？

否。

阿爾喀德斯並不是不移開目光。

而是「無法移開」。

那是他具備的「心眼」發揮作用的結果。

並不是出自本能。

是至今累積起來的技能、經驗、最後鍛鍊出來的五感，以及構成他的血肉一切都支配了靈魂，拒絕移開目光。

現在，在場真正應該警戒的，不是其他的英靈。

而是迫近眼前的一名警察。

他累積起來的一切都這麼告訴自己。

而其理由，馬上就會明示。

在阿爾喀德斯的身後，一道光柱貫穿天空，照亮了迫近眼前的警察的臉。

此時，對方的臉正好從被龍捲風刮開的煙幕縫隙間露出，見到那張臉，阿爾喀德斯呻吟道：

「什麼……？」

那張臉無庸置疑，正是先前被他打斷頸骨，擊飛到醫院入口的男人的臉。
「喔喔喔喔喔喔喔——啊啊啊啊！」
男人發出不成言語的吼叫，用力往大地一踏。
那瞬間的加速度已經超過自己的預測。
比展開防禦的手臂到達定位的速度更快，男人矮小的身體以如同砲彈般的氣勢朝阿爾喀德斯一躍，來到布料上方——
使出飛身膝擊，對著被布包裹著的異形弓兵的鼻梁全力撞下去。

「約……約翰！」
警察們發出驚呼。
依他先前被打飛的方式，許多警察都想像到了「當場死亡」這四個字。
即使約翰具備魔術迴路，卻沒有一子單傳的魔術刻印。
如果擁有能在瀕死狀態時行使魔術、修復自己的魔術刻印就是另一回事，但是並未擁有刻印的約翰竟然能夠得救，何況還是以具備了和先前判若兩人的力量的方式現身，根本沒有人想像到會有這種事。
但是，約翰就是出現了。

而且是纏繞著凌駕尋常魔術師的魔力，並且用那股魔力將肉體與神經強化了數倍的狀態。

——約翰。

——原來如此，這個男人叫做約翰嗎？

承受了飛身膝擊的阿爾喀德斯，即使就這麼被往身後撞飛——仍然一邊冷靜地將對手的情報記在腦中，一邊在空中翻轉身體，雙腳朝下著地。

但是，那雙腳卻被不知何時又繞到他身後的約翰掃開。

「哦……」

說出欽佩似的話語後，阿爾喀德斯單手撐住地面，用空著的手臂接下約翰追近而來的追擊。

肉與骨頭咯吱作響，衝擊竄過阿爾喀德斯全身。

約翰就那麼直接赤手空拳地反覆連擊，完全不讓阿爾喀德斯有拿弓的空檔，持續加以打擊。

——發生了什麼事？

——他與剛才簡直判若兩人……不對，應該說成長了？

即使身為魔術師，也已經超越常人的領域。

生前累積的經驗正告訴自己，眼前的警察體內充滿的力量，已經足以匹敵曾在古希臘之地戰鬥過的敵將膂力水準。

——是寶具的力量？還是術士做了什麼事？

雖然阿爾喀德斯確認這波攻擊對自己的身體有造成損傷，但是還不到覺得有危機感。

和遭到亞馬遜人女王用寶具毆打時相比，只覺得這股疼痛就像是被幼童搥打一樣。

但是——他對眼前的男人採取了最大限度的警戒。

——為什麼？

阿爾喀德斯一邊卸開連擊，一邊思考。

——「我為何要警戒這個男人」？

如果只是這種程度的打擊，那麼，在身後湧起的魔力漩渦才更應該警戒吧？

但是，他累積起來的一切事物都再三告訴自己，絕對要緊緊盯住這個人。

——此人膂力的確超過了人之領域。但是，仍然不及具備戰士之相的英靈。

就在阿爾喀德斯一邊思考「既然如此，為何要警戒？」的疑問，一邊承受連擊的時候——他首先察覺到，對手的攻擊顯得不太自然。

——……這個人為什麼封印著右手不用？

在這波以肉體展開的連擊中，眼前名為約翰的警察不曾用右手進行攻擊。

——這個重心的差異是……義肢嗎？

在以零點數秒為單位進行攻防動作的同時，阿爾喀德斯瞬間導出答案，明白了藏在對手行動之中的不協調感是什麼。

那麼，那隻義肢是什麼？他接著思考。

——裡面藏了武器嗎？那麼，打不穿我這身皮衣的。

——不對，這個男人也明白這件事才對。

——那麼，該視為其中蘊含著魔術嗎？

阿爾喀德斯一邊閃躲逼近眼前的約翰的攻擊，同時繃緊全副心神在他的右臂上。

——還是，還有別的——

——不對，這是……？

感覺得到「氣息」。

有股獨特的魔力，或者該形容為詛咒的「氣息」，從男人的義肢中稍微流露出。

那股留有一絲神話時代渣滓的「氣息」，稍微刺激到阿爾喀德斯的鼻腔與皮膚的瞬間——

一陣悚然的恐懼，竄過阿爾喀德斯的頸椎。

即使只有一瞬間，身為英靈的本能，使察覺到「那個」的他為之驚愕。

不管如何改變靈基——「那個」對阿爾喀德斯而言，都具有特別的意義。

因為他比任何人都將其視為危險、比任何人都清楚「那個」的恐怖——「因為自己也親自用特別的箭鏃泡過了那個」。

「你……！」

阿爾喀德斯如此喊道的瞬間，約翰的右手「閃爍黑光」——手背隨之變形，顯現出外形獨特的刃物。

彷彿具有意識的詛咒，黑色的液體在義手的刃物周圍不斷蠢動。

在過去殺死眾多英雄，甚至逼迫某個大英雄自殺的「那個」，不但是神話時代首屈一指的災厄，也是最凶惡的詛咒——「九頭蛇的毒液」。

纏附著那無比凶惡毒物的刃物，向阿爾喀德斯的布料縫隙間逼近。

——怎麼可能！

——連到了這個時代，都還有殘留著嗎！

——那條水蛇，應該已經無法存在於這個表層了才對！

他深切地感受到自己的思慮過於天真。

這個時代的魔術師，遠遠不及神話時代的魔術師。

然而，卻聰敏到能夠控制神話時代的渣滓。

如果有考慮到自己的那個主人，其身也棲宿了同樣的咒毒之泥，就應該也要假設到敵人持有「九頭蛇毒」的狀況。

看到這件足以殺死自己的武器就在面前，阿爾喀德斯握起弓，全力往身後跳躍。

「……！各位！快點趕去醫院！」

確認到異形弓兵採取的動作，約翰向附近的警察隊夥伴如此傳達。

「我會竭盡所能爭取時間！你們趁這段期間去保護目標對象！」

「約翰……你……發生了什麼事？」

「我也還沒理解清楚，但是……應該是術士先生做了什麼事吧！」

接著，就像想表達「待會兒再說！」一樣，約翰就要衝了出去，但是——

這次換他全身竄過寒氣，一陣悚然令他不禁停下腳步。

「……？」

約翰全身冒著冷汗，凝視前方。

佇立於前方二十公尺以上的異形的弓兵。

從其身湧出的震懾感，比以往還躍升數倍。

理由能輕易想到。

因為那名弓兵，已將箭搭上了弓。

雖然至今為止，他已經射過好幾次的箭擊，但是這次的動作與以往不同，是認真的、拿出全力的架勢。

異形的弓兵向對抗寒氣、準備衝過來的約翰，表達敬意地說道：

「已具備足以殺我之手段的人啊——」

「我就認可你是我的敵人吧。」

× ×

水晶之丘　最頂樓

「吉爾伽美什大人！」

位居水晶之丘最頂樓的緹妮正在觀察戰況。不是透過遠見的術式觀看，而是用肉眼捕捉自己的使役者——王的身影。

名為吉爾伽美什的存在，已經被推上到與己方的根據地——大樓最頂樓同樣的高度。

金色盔甲的光芒遭到更輝煌的光帶吞噬，此刻已經無法用目視捕捉其身影了。

不只緹妮看得睜圓了眼，身處周圍的「部族」的人們也是同樣反應。

從教會屋頂延伸向天的光柱，仍然在往更上方、目不能及的高度攀升。

即使是英雄王，受到那股力量的奔流吞沒也不可能無傷了結。

如此覺得的緹妮，準備使用令咒讓王緊急撤退，但是——

她感覺到了。身處光柱中的吉爾伽美什，其魔力正在膨脹升高。

準確來說，是他的周圍出現了非常大的魔力團塊——如此形容才妥當吧。

那是與他至今做過的事情一樣的狀況。

只是將寶物庫中的寶具，自空間射出而已。

不過——這次展開寶具的方式，性質與以往有些不同。

為數大量的寶具，各自纏著龐大的魔力並形成巨大浪潮，同時蠻橫地攀纏住光的奔流，使其漸漸霧散消失。

以往都是單調射出的寶具，這次卻呈現出如同巨蛇一樣的複雜動作。

可是，那並非以魔力控制著武器——是從四面八方的空間伸出的金色鎖鏈，不斷地一邊捉綁那群寶具，同時強硬地修正軌道。

吉爾伽美什從霧散的光中現出身影，就這麼地將寶具驟雨匯聚成寶具的瀑布，伴隨著激烈的浪潮下墜。

彷彿一條不斷吞噬劍兵擊出的光，同時猛烈前進的金色巨龍一樣。

×　×

教會

在屋頂上接連擊放寶具的劍兵，感覺到自己放出的魔力正在被推回。

而且，當他看到那群逼向自己，受到壓縮的大量寶具時，臉頰不禁流下汗水。

仰望著巨龍般的大量寶具逼向自己的劍兵，這時瞬間低頭一看——

接著露出彷彿逞強的笑容，將自己的魔力投注到下一招。

× ×

「什麼？現在到底怎麼了……？」

另一方面，當劍兵身處那種情況時，在他的正下方——

教會內部，身為劍兵主人的綾香，說著困惑的話語。

從窗戶周圍的樣子看來，教會的屋頂上似乎有什麼東西正在發光。

但是，並非魔術師的綾香沒辦法確認外面的狀況。

身為監督官的神父，懷疑地向那樣的綾香問道：

「小姐。妳的身體都沒有狀況嗎？」

「咦……？喔，經你這麼一問，也覺得好像有一點累了……」

「有一點。嗯……」

稍微思考過後，漢薩說道：

「小姐，『妳是什麼』？」

「咦？」

「能夠給予英靈如此龐大的魔力可不尋常。至少，如果不是身為一流層級的魔術師，魔力應該已經枯竭了才對……」

「就算你這樣說，我也無法回答……說起來，我連魔力是什麼都不太清楚了……」

綾香皺眉地困惑表示，神父興趣濃厚地凝視著她——

「算了，沒閒功夫在這裡我問妳答了。快往裡面移動比較好。」

「……為什麼？」

聽完，神父抬頭看向教會高高的天花板，同時說道：

「雖然有結界在強化支撐，但屋頂差不多要垮了吧。」

「！」

接著下一瞬間——屋頂的一部分大片地裂開，並從該處落下一道影子。

幸好漢薩瞬間反應、拉了綾香一把，她才勉強躲過遭到瓦礫直擊的下場。

但是，在綾香對這個狀況留下記憶以前，尊大的男人聲音先從開了洞的屋頂傳來，響遍教會。

「我本來想連同整棟教會一併消滅的。該說，虧你擋得住嗎？」

那是一名身穿黃金盔甲的男人。

雖然盔甲上各處有著碎裂，但是他泰然自若地抱著手臂，俯視堆在教會中間的瓦礫中央處。

「咦……？」

當綾香看到那名盔甲男的瞬間，她覺得大腦彷彿有種受到激盪的錯覺。

準確地說，是看到那名男人的長相時。

總覺得，好像幾年前也見過一張酷似那個長相的臉。

而且，也是在類似這種教會之中。

綾香才試著回想，便響起噪音。

沙沙。沙沙。腦髓在搖蕩——在甚至出現於視野中的噪音隙縫間，「紅兜帽的少女出現了」。

「咿……」

正當綾香就要抱頭的時候，她注意到一件事。

那名身穿金色盔甲的男人，為什麼要向瓦礫堆的中央發聲呢？

——「該說，虧你擋得住嗎？」

是誰，擋住了什麼？

綾香才正要思考，馬上就得到答案。

因為她察覺到，在瓦礫堆中央的東西是什麼了。

身上長著數柄劍以及長槍的那個東西——綾香看到時還瞬間誤會成瓦礫的一部分。

那個身影無庸置疑——正是直到剛才為止都還在與自己談笑風生、漫步道路的劍兵。

心臟與頭部雖然平安無事，但是腹部、肩頭，以及大腿上都刺著幾件武器，換作是尋常人類，成為屍體了也毫不奇怪。

「劍……兵……？」

認識到這件事的瞬間，無論是噪音或紅兜帽的少女，都已經從她的視野裡消失。

差點就要無力地癱軟坐下，但綾香還是站穩了身子，總算決定要走近劍兵。

然而，綾音被瓦礫絆住腳，不慎跌倒。

屋頂上的男人彷彿沒把那樣的綾香放在眼裡，繼續對劍兵說道：

「要是你選擇迴避，就不會身受那種傷了。是想保護這棟教堂嗎？本來該視你為驕傲自負之人，予以處死。不過，你終究是抵消了那一擊，我就讚賞你吧。」

接著，至今毫無動靜的劍兵的身體緩緩地動了，他扯起嘴角朝屋頂上的男人回答：

「那我……還真光榮呢。」

劍兵氣喘呼呼地抬頭，仰望金色的英靈說道：

「怎麼能毀掉教會呢？要是遭到天譴，我可不管你喔。」

「無聊。眾神之怒那種程度的玩意兒，我早就膩了。」

「眾神……原來如此。多神教之地的背景……那種口氣……哈哈，你是……不對，『你們』是『最初的旅人』嗎……」

血液從嘴角溢出的同時，劍兵笑了出來。

看到那樣的他，金色英靈沒有為之憤恨，也沒有流露輕蔑，只是高傲地問道：

「雜種，你……裡面蘊含了什麼玩意兒？」

「……？你說……什麼？」

「不是在說你那些『隨從』。我指的是關於你自身靈基的根源。」

屋頂的男人以淡然的口吻，對氣喘呼呼的劍兵繼續說道：

「無論如何，你似乎尚未擁有戰鬥的理由。用那種心態來向我挑戰，這個行為本身才是更驕傲自負之舉，雜種。既然在吾之寶物（聖杯）面前你都沒有亂七八糟的欲望想要實現，那不如就抱著你蘊含的一切，腐蝕消散算了。」

然後，金色的王維持抱著手臂的姿勢，在他頭上產生出扭曲的空間。

「我要降下裁定了，在那之前，可有遺言要說？」

「……沒有。我是很想這麼說啦……啊，有了……那位供給魔力給我的女孩子，並非我的主人……是我一直在單方面榨取她而已……」

聽到那句話，搖搖站起的綾香睜大了眼。

因為劍兵接著要說的話，她已經知道了。

——停下來。

——別說啊。

雖然想出聲，卻無法好好地運用喉嚨。

就在自己呼吸急促又要跌倒的時候，劍兵露出了安詳的笑容，說道：

「她不會與你為敵的……給點同情，酌量待她吧。」

「行。不過，你可別忘了，我只是會視情況斟酌處理。要是我明白她是無聊的存在，照樣會消滅她。與其他索然乏味之人一樣。」

接著盔甲男人慢慢地高舉單手，向劍兵說出總結之言：

「雜種，對你的裁定是——」

然而，那句話沒能繼續說到最後。

身穿黃金盔甲的英雄，隨即——

×　　×

數分鐘前　大馬路

「那個人是……約翰……是嗎？」

現身拯救己方的人，是應該在剛才就被打斷頸骨，擊飛出去的同僚。

動作突然脫離人類範疇的他，簡直能形容是「脫胎換骨」的狀態。「二十八人的怪物」成員們對此滿頭霧水，心中充滿困惑。

打破這個狀況的，是凜然說出響徹眾人之耳話語的貝菈的聲音。

「前衛都退回來保護後衛！後衛，全力掩護約翰！」

平常行事舉止都很穩重的她放聲喊出的話語，使全員的意識頓時清醒過來。

警察隊成員各自拿好寶具，按照事前的安排部署，圍住異形的弓兵。

以那名弓兵為對手時，手持近戰武器的成員別說幫忙掩護，只會造成麻煩吧。

既然如此，就該負責阻礙對手的視線，交由後衛從遠距離進行攻擊——警察們判斷，如果那個人真的是約翰，應該很清楚如何與後衛合作。

接下來，只要一邊以那方式掩護約翰，同時根據情況的發展安排，就能如約翰希望的一樣，將一半的警察送進醫院內部了。可是——

敵人射來的數發箭矢，瞬間就瓦解了他們的陣形。

持著大盾寶具的高個子警察雖然想架盾擋下攻擊，但是當箭頭觸及盾牌的瞬間，他就承受到宛如黏性炸彈在盾的表面爆炸一樣的衝擊，直接震飛到後方。

而且，那並非將弓弦拉滿至極限放出的一擊。

不過是弓兵為了不露出破綻所射出的，數發牽制射擊的其中一箭。

警察們實際感受到了。

自己這群人目前尚未連同城市街道的景色一起化為肉片，是因為那名英靈具有理性。雖然不知道是主人有下指示，還是出自自身的判斷，他在一定程度上都有顧慮到還要「隱蔽魔術」之故，別無其他原因。

最初他帶來地獄三頭犬的時候，大家還以為他是毫不在乎那種事的凶惡賊人，結果完全相反。

對那名英靈而言，與其自己使出全力，讓地獄三頭犬那種猛獸吃光敵人的血肉，更適合「隱蔽神祕」。

「沒有嗎？他就沒有弱點嗎！」

一名警察如此吶喊。

雖然約翰的行動的確宛如英靈，但是對手英靈的強悍更凌駕他們原先設想的程度。

他們原本以為具備那般強度的英靈，頂多只有吉爾伽美什，以及第一日在沙漠與那個英雄王展開激烈衝突，疑似槍兵的英靈而已。事到如今他們才為那不周全的思慮痛徹心腑。

但是，他們從一開始就了解自己的能力不及英靈。

現在有同樣身為計算狀況之外的約翰在支援己方，那最低限度也必須將對方逼到撤退才行。

對方應該明白，即使在這裡殲滅警察隊，也並不表示就能殺死主人與使役者。

既然如此，讓對方有最低限度的「再繼續下去會不划算」想法就行了。

警察之中的幾個人如此認為，但是——

他們察覺到在這段期間當中，異形弓兵的身後，有一名並非約翰的其他警察存在。

「！」

警察們本來想喊出「遵守貝菈的指示行動」提醒，但是說出來就會被敵人察覺到己方的行動事有蹊蹺吧。

到底是哪個人在無視指示地擅自行動——他們注視那名警察的瞬間，立刻注意到狀況。

那名本來應該是一個人的警察，不知何時已在弓兵身後成為兩人。接著，又在一次呼吸間增加成四人。

換句話說，那個人不是己方的夥伴。

是直至剛才為止與弓兵交手、化身為警察模樣的英靈——狂戰士職階的使役者，別無其他人。

由狂戰士——開膛手傑克化身成的警官群體。
那名無聲無響就增加到十六人的警察，從敵人的身後發動為掩護約翰的襲擊。
然而，輕易地就遭到驅散。
弓兵沒有轉身，只是拍動長在背上的異形翅膀，就將最先跳過來的幾名傑克切斷。
「……你還能動啊？」
也沒轉過頭看，只是用半欽佩半錯愕的口吻述說感想。
他雖然開了口，但仍然在以弓應付、掃開約翰的攻擊。
這種能感覺到不作聲響、消除氣息地逼近身後的傑克，並且做出處置的超感覺，可謂是真正的心眼。這麼想著的殘餘傑克中，其中一名大聲問道：
「嗯，真虧你能如此靈活運用才剛奪得的翅膀。」
在說這句話的時候，別的傑克們也跳向弓兵。
新增加的傑克們，模樣甚至已經不拘限在警察，還有平凡的市民、醫生，不分男女老幼身分，
這些傑克化身成了形形色色的模樣。
這是表示，傑克連統一化身成警察的餘力都沒有了嗎？這副光景看起來就像要去消滅傳說中的惡魔的群眾，或者緊纏不放、乞求惡魔饒命的可憐人群。
「可笑。」

畢竟，現在傑克的力量比剛才下滑許多，已經失去犀利的動作。

不曉得弓兵是不是也清楚這件事，所以才將大部分的注意力，都放在眼前的人類警察那邊。

不過，那個評價在下一瞬間就完全改變。

因為從傑克的陰影處伸出了無數黑手，纏住他的身體。

「唔……？」

影子。

彷彿要將夜晚的黑暗吞噬般，漆黑的漩渦將周圍的空間全都包住。

察覺到那是魔術的弓兵——阿爾喀德斯維持著以弓與警察的義肢對抗的狀態，環伺四周的狀況。

然後，他看到有一部分景色產生扭曲。

平常人應該無法識破，但是在阿爾喀德斯這種等級的英靈眼中，是顯而易見的拙劣幻術。

「……臭魔術師，從藏身的洞穴出來了嗎？」

判斷那是狂戰士主人的阿爾喀德斯，立刻看穿那個影子有什麼意義。

這不過是單純的障眼法。

如果是會直接造成危害的那類魔術，應該無法讓自己的身體受傷才對。

若對手是神話時代的魔術師，又是另外一回事。但狂戰士的主人，只要不是神話時代的英靈，而是人類魔術師，那就是不可能發生的事。

根據自己的主人巴茲迪洛·柯狄里翁給予的情報，狂戰士的主人隸屬俗稱「鐘塔」的魔術協會大本營，是一名稀世奇才——但既然是活在現代的魔術師，用的魔術就不足為懼，對方應該也察覺到了才對。

既然如此，就該視這影子為障眼法。

事實上，阿爾喀德斯也很清楚。在周圍存在複數英靈的狀況下，障眼法遠比半吊子的攻擊更為棘手。

因此，他毫不大意地使出下一招。

「……啄食吧。」

輕喃的話語，化成撒向周圍的沉重詛咒。

受到水平地猛烈揮來的大弓所推，約翰與傑克們大大地往後退。

趁著那一瞬間產生的空檔，阿爾喀德斯將手裡的數支箭一口氣放出射擊。

然後，放出的箭矢在轉眼間變形，成為有著青銅腳爪和喙的戰鳥，並襲向位於大馬路深處，人行道上的扭曲空間。

扭曲的空間，隨著纏繞魔力的鳥群一次又一次地通過切開，看起來空無一物的場所，最後曝露出了一名青年的身影。

「嗚咿哇！——處、處、處置開始（Play Ball）！」

青年慌慌張張地鋪設魔術障壁，同時擾亂周圍的風，閃躲鳥的襲擊。

但是，在遭受龍捲風般的強風刮散、分開的鳥群縫隙間，忽然穿過一箭——阿爾喀德斯放出的強力一箭，貫穿了那名青年的心窩。

「————」

絲毫不在意強風、魔術障壁，貫穿一切前進的破滅之化身。

那一箭準確地破壞青年的核，並且在粉碎周圍骨肉的同時，逐步破壞他的臟腑。

「主人！」

阿爾喀德斯的身後，響起狂戰士的怒吼。

「費拉特！」

名為約翰的警察也喊出那個名字。

聽到那個稱呼的阿爾喀德斯，從腦海中抽出記憶——記錄在巴茲迪洛給予的情報中的那個名字，正是「費拉特·厄斯克德司」。因此他確信自己的那一箭，已經誅滅了狂戰士的主人。

也許刻在魔術師體內的魔術刻印會自發性地起動，強硬地治療致命傷，讓魔術師得以復活，但阿爾喀德斯沒有給予那種空檔。

打定主意要將魔術性肉體，連同所有魔術刻印都一併破壞的阿爾喀德斯，早已放出第二箭、第三箭。脫離強風的鳥群，也已經開始啄食敵人的肉體。

但是——

就在破壞開始進行的前一刻，「青年的身體開始如同霧氣一樣變得淡薄」。

「什麼……？」

阿爾喀德斯一瞬間懷疑是幻術，但他立刻否定這個念頭。

屬於自己寶具的一部分，魔力通路相接的「鳥」在啄穿敵人時，自己的確有感覺到實感。

但是，現實的狀況是那具屍體正如同英靈一般逐漸消失。

他的意識比重，向「殺了主人」的這個念頭，產生幾秒的懷疑。

就在這僅有的空檔中——「他」完成了那個複雜奇怪的術式。

「——介入開始（Game Select）。」

那道聲音，在極為接近阿爾喀德斯的地方響起。

在至今短短時間裡就化為屍體的，狂戰士們的一部分。

那些屍堆當中，某個沒印象是自己屠殺的個體動起嘴與手，瞬間發動了魔術。

一瞬間——阿爾喀德斯已架上弓弦的一支箭矢猛地炸開，使呈現異形之狀的身體為之踉蹌。

——怎麼可能？

阿爾喀德斯瞬間理解，知道自己發生了什麼事。

他為了發動寶具「十二榮耀（Kings Order）」之一的「斯廷法利斯湖怪鳥」而行使的魔力流動，在遭受強硬撥弄下短路了。

但是，那還只是術式的「開頭」而已。

「唔……！」

就在他想要重新站穩腳步的時候，又發生魔力失控的狀況。

阿爾喀德斯雖然不是魔術師，但由於他的身體本身就是魔力的團塊，所以遍布體內的所有血脈神經，都可以形容是魔術迴路。

而那些魔術迴路，現在全部化成了導火線，以連鎖影響的方式，接連發生微小的魔力失控。

如鋼鐵般結實的手臂中，魔力爆裂。

時而銳利如刃，久經鍛鍊成就的腳尖，魔力爆裂。

如世界樹之根般深而牢固，分布身體的血管中，魔力爆裂。

遍布全身，編織美麗的神經中，魔力爆裂。

連吸氣的時間都沒有的一粒粒肺泡中，魔力爆裂。

受到布料遮掩的眼球內側，魔力爆裂。

腦幹的一部分，魔力爆裂。

爆裂、爆裂、爆裂——

魔力爆裂的間隔時間逐漸縮短，最後在心臟一帶，感覺到一股巨大的魔力迸散開來。

無法區分是痛楚或熾熱的衝擊。

背上的翅膀與頭上的角迸飛，握緊弓的手也發生魔力爆裂，震飛了幾片厚實的指甲。

身體內部的魔力也失控、撕裂了一部分的臟器。

但是，恐怖的是曾經人人喻為大英雄的人的靈基。

「……休想！」

伴隨氣勢凌人的一喊，阿爾喀德斯像使出震腳一樣地踩踏地面，將失控的自身魔力流往大地之中。

下一瞬間，鋪在大馬路上幾百公尺長的柏油路面，好幾個地方頓時被襲捲掀起，同時破裂的自來水管更將土沙與水一併噴上天空。

如果置身相同狀態的是尋常的英靈，就算當場全身炸散也不奇怪。但是阿爾喀德斯只靠那身強悍的肉體，就硬生生地防過了身體四散的危機。

話雖如此，其身受到的損傷當然也非比尋常。

這股反作用力把周圍的道路摧殘得亂七八糟，停在路邊的汽車中也有數台已經整車翻倒，成為了半廢鐵的狀態。

但是在阿爾喀德斯的體內，蒙受了遠遠凌駕那些車的重大損傷。

以一名魔術師能對英靈造成的影響而言，這是平常無法想像的事情。

阿爾喀德斯的靈基具有非常高的抗魔力，現代的魔術無法傷及到他。

既然如此——

——白費了嗎？

在構成自己的靈基中，有抗魔力薄弱的部分。

而且，既然同時也是狂戰士的一部分，那直到剛才為止，魔力的通路當然也會與青年主人相連在一起。

那名魔術師，就是透過自己剛才從狂戰士那裡奪得的寶具——化身成幻想種惡魔的部分——灌入造成魔力流動混亂的術式吧。

話雖如此，這不是能輕易辦到的事情。

那正是在這個狀況下，只要未完美掌握住魔力流動錯綜複雜的路徑，就不可能辦到之事才對。

換句話說，「他」就是辦到了。

「不這麼靠近的話，就無法成功嘍。」

混在狂戰士群中的那名魔術師流露放心的笑容，喃喃自語。

周圍的狂戰士屍體開始消失。與此同時，阿爾喀德斯剛才射穿的魔術師屍體也完全消失無蹤。

那具名為費拉特·厄斯克德司的魔術師屍體，當然正是由狂戰士化身成的樣子。

阿爾喀德斯的心眼隨著各種狀況的累積，那一刻失去靈敏。

然後——那一瞬間的動搖，使他露出致命的破綻。

高吼的叫聲，撼動阿爾喀德斯的耳朵。

那聲嘶吼，是名為約翰的警察使出渾身解數，連命都要豁出去一樣地發動攻擊的信號——當聲音抵達他的耳朵時，約翰已經跳進懷中。

瞬間超越音速的一擊。

這一擊產生的衝擊波，輕鬆震飛了周圍的瓦礫。

一瞬間。

咚。彷彿約翰的氣勢是假的一樣，阿爾喀德斯只感覺到側腹竄過輕微的撞擊。

雖說是以化為寶具的義肢，對阿爾喀德斯使出超越音速的一擊，但是對他非比尋常的肉體而言，頂多就這樣了。

事實上，義肢的刃物還從根部折斷，約翰也受到衝撞時所產生的反作用力影響，彈飛到幾公尺外後摔落地面。

但是，這樣已經足夠。

傾注了約翰一切力量的義肢——換句話說，是以沾染九頭蛇毒的刃物使出刺擊。

雖然那種毒，對大部分的英靈而言，這時候就會成為致命傷了。但是——

對阿爾喀德斯而言，這毒素會更為侵蝕靈基有其理由。

——死。

純粹的死毒的詛咒。

過去曾經把自己逼得自殺身亡的毒液，流進了阿爾喀德斯的體內。

同時，費拉特宣告自己的作戰結束，道出術式的收尾詞：

「——觀測結束（Game Over）。」

這是為了身懷足以稱為必殺一擊的約翰，製造出的渺小破綻。

為了產生那一瞬間的時間，他們付出過的準備，簡單易懂。

「奉獻靈魂」。

獻給那名只有相遇不到幾分鐘的交情，身為術士職階的英靈。

× ×

——【我身為英靈的特技，就是把還算有名的道具調理過，將其昇華成寶具。不過……】

──【可以將真正的英靈當作素材，這種機會可不多呢。】

──【畢竟，這需要得到所有者同意才能做嘛。平常不可能的。】

──【不過「例外」這種玩意兒，只要好好地拼起來，就會成為最棒的調味料喔。】

──【換句話說，就是這樣了──我要對你的能力動些手腳。將「能化身成任何人」的效果昇華到更高峰。】

──【讓你能更完美地化身成別的陌生人。】

──【不過，要不要稱主人為「陌生人」，是你自己決定啦。】

亞歷山大・大仲馬提出做法相當極端的提議。

主體是開膛手傑克靈基中的特殊能力（技能）「千貌」。

接著將寶具「其不值慘劇之終焉（Natural born killer）」當作材料，再與另一項「食材」──即主人費拉特・厄斯克德司的精華統統結合起來，就能將其能力暫時性地提昇。

當然，那只是一種比喻，不會真的將費拉特當成食材剁碎，扔進鍋中熬煮精華。

但是，用大仲馬的力量強化兩人之間的魔力通路，將彼此的存在模擬性地混合在一起──這種做法對主人與使役者這種存在而言，就像提議把他們扔進攪拌器裡打成絞肉沒什麼兩樣。

畢竟，從主人的立場來看，這個做法形同「殺人魔的靈基將與自己的存在混合」，甚至連會產生怎樣的副作用、後遺症都難以想像。根據狀況，說不定還會失去魔術，或者被英靈「開膛手傑克」的逸事拖下水，犯下毫無意義的殺人行為。

雖然想得到的負面影響，如果全提出來會沒完沒了，但是——費拉特卻乾脆地同意了這件事。

於是，經由大仲馬使用寶具強化後，傑克得到了「可以化身成費拉特・厄斯克德司這名魔術師，包含行使的魔術在內，將呈現與本人毫不遜色的狀態」的力量。

× ×

不知何時，伸向天空的「光柱」已經消失，取而代之的，是位於光柱根部的教會建築物崩塌了一部分。

持續籠罩黑暗的周圍空間中，響徹嚴肅卻又平靜的聲音。

「……為什麼？」

阿爾喀德斯問向狂戰士，沒有拔出留在側腹裡，從約翰的義肢上折斷的毒刃。

雖然不明白狂戰士等人是如何辦到的，但是阿爾喀德斯明白，狂戰士是靠完美的偽裝使自己產生錯覺、誤判了主人的位置，但是疑念仍然沒有釋懷。

「既然你能完全變成主人，那由你化身成主人，在這裡向我用那個術式也能有相同的戰果吧。你的主人為何要冒著危險上戰場？」

接著，警察模樣的狂戰士回答阿爾喀德斯：

「很簡單。無論我變成的主人多麼完美，仍然『缺少某樣東西』。」

聽到這句話，阿爾喀德斯看向正從地上爬起、站起身的狂戰士主人——費拉特．厄斯克德司。

只見他的右手背上，第二道令咒正在淡去。

看到這情形，阿爾喀德斯明白使自己魔術失控的「最後的一搏」是什麼了。

「……你重組了自己令咒的術式啊。」

令咒能發揮效果的對象，只有與自己締結了契約的使役者。

擾亂此法則，對其他使役者下命令的做法不可能發生，但費拉特巧妙地改寫令咒那股龐大的魔力，將其以「駭入」的形式，插進阿爾喀德斯與其主人的魔力通路——以等同於用令咒命阿爾喀德斯自殺的術式，辦到了這件事。

「呃……該說是一場豪賭嗎……弓兵先生的主人，已經把令咒用完了對吧？要是至少還留下一道，我的術式就會被相連的力量彈開了吧。」

阿爾喀德斯看到費拉特認為自己很幸運，放心地「笑著」的表現，理解到他的異常性。

「原來如此，你居然有能看透到如此地步的『眼力』……」

然後，阿爾喀德斯以對手聽不見的微弱聲音，自言自語說道：

「你——————嗎？」

「？」

沒聽到內容的費拉特感到疑惑，但阿爾喀德斯沒有回以答覆。

他已經明白——「死」正在侵蝕自己的肉體。

足以讓過去那曾是半人半神的可憎男人（神的榮耀），捨棄人之皮囊、靈魂的「死」。

阿爾喀德斯瞥過刺進側腹的刀刃一眼，看向已毀義肢的擁有人約翰。

看到他還在試著站起來，阿爾喀德斯喃喃自語道：

「做得很好，人之子啊。否定神的支配，靠自己站起的吾之同胞。」

「嘟嚕」——才聽到是什麼滿出來的聲音——深黑色的血便從覆蓋弓兵面貌的布料縫隙間溢出、淌下。

「倘若賜予你身的力量為神的加護，我一開始就會將你屠殺。不過，你體內流的是產生自人與大地的力量，絕對不是由神一類介入的產物。既然如此，我就讚賞這個世界，以及這個時代吧。雖然是利用水蛇之毒，但你在一邊拒絕神之加護的同時，還一邊策劃出毀滅吾身之手段。你的成就，我給予祝福。」

他沉穩說話的表現，是明白自己即將消滅的英靈，在退場前展露的風度嗎？

就在約翰差點出現那種「錯覺」的時候，阿爾喀德斯說道：

「然後……我同情你，勇者啊。」

「咦……？」

約翰面露懷疑。在他面前的阿爾喀德斯，側腹受到毒的侵蝕，化成漆黑的傷並融化。但——下一瞬間，那些漆黑的毒素，就遭到散發更濃烈不祥感覺的「汙泥」吞噬。

「什麼……！」

警察隊、費拉特、狂戰士們都不禁停止了動作。

自阿爾喀德斯全身湧出，彷彿「汙泥」般的魔力團塊，宛如要將其吞噬一樣地把九頭蛇毒——「死」的本身直接吸入傷口。

「如果是僅有捨棄神衣的我，就會在飽嚐痛苦後得到安詳了吧。」

融化潰爛到足以看見肋骨、腰骨的毒傷已然消失，之後呈現在那裡的，是彷彿什麼傷都沒有受過、恢復原狀的肉體。

「如果是在我的靈基扭曲以前，我也會樂於在剛才的擦傷下斃命。只要是這個毒，應該很有可能腐蝕掉我所有的命脈。」

然而——阿爾喀德斯一邊握緊弓，一邊向啞口無言的約翰等人明言：

「不過，我們彼此……運氣都很差啊。」

聲音中好像隱約夾雜一絲的放棄，但又立刻反轉為憤怒。

「雖然我失去了十二條命（替代的心臟）……但你們記清楚了。死毒無法毀滅我這副惡泥入侵的身體。」

不是衝著約翰等人，而是對自己、對永無止盡的「力量」本身充滿憤怒的阿爾喀德斯，喊出宛如詛咒的怒吼：

「我這身汙穢的血……以及靈魂所懷的復仇之火！豈是死毒程度之物可染！」

接著，魔力溢出。

原本蠢動的魔力現在好像固體的風一樣，重重擊打周圍眾人的身體。

彷彿阿爾喀德斯本身就是巨大的龍捲風一般，染成紅黑色的魔力風暴席捲周遭。

觀看戰況的使役魔都被刮飛，甚至有人只是沐浴到這陣風，魔力迴路便發出悲鳴、跪倒在地。

不是阿爾喀德斯做了什麼事。

他——只是僅僅佇立在那兒，便造成這種結果。

「他到現在……才要認真嗎……」

警察隊的一人說著，面露絕望地如此喃喃道。

「不對，他本來就是認真的。」

狂戰士苦笑，回答那名警察：

「應該說，他在此之前，都很認真在『環顧』……警戒周圍的一切。」

他也擺出一籌莫展的表情，並且看起來正在思考著，要如何與主人一起脫離這座戰場。

「正因為如此，我們必須在這裡徹底殺死他才行……趁著他將一切的力量都分配到殺意以前呢。」

下一瞬間，阿爾喀德斯展開行動。

但是，他的目標既不是警察隊，也不是狂戰士。

像在表達已經不把他們放在眼裡了一樣，一名復仇者(Avenger)腳踏向大地。

這一踏，讓阿爾喀德斯跳到空中——

拉滿架在大弓上的箭矢，毫不猶豫地隨即放箭。

射向身上纏繞神之氣息，正要在這一刻向劍兵降下裁定的弓兵。

× ×

教會上部

吉爾伽美什佇立於勉強還沒崩落、殘留著的屋頂上，俯視著滿身鮮血的劍兵。

「雜種，對你的裁定是——」

在他以並非王，而是【裁定者】的身分，準備降下裁定的那個瞬間。

紅黑色的魔力暴風於周圍旋繞，濃烈的殺意迫近裁定者。

「……沒情趣的行為。」

裁定的言語說到一半就停了。吉爾伽美什表情冷淡，「嘖」了一聲。

撼動空間，箭矢迫近而來。「國王的財寶（Gate of Babylon）」展開迎擊，射出寶具。

隨著巨大的聲音鳴響，箭與寶具互相抵消，化為碎片消散。

「若以王的身分看待，還能當作小丑的行徑一笑置之，但既然闖入我的裁定，那便只有排除一途。」

接著，他慢慢地轉過身，向降落到教會反方向邊緣的弓兵（復仇者）——阿爾喀德斯說道：

「假面具被摘掉了啊，小丑？」

看到對方身上纏繞著紅黑色的魔力，吉爾伽美什不怎麼感到疑問，繼續恣意地說道：

「我就順便允許你拿掉那塊布，讓我瞧瞧你是怎麼哭的吧。」

「……可流的淚，早已枯竭。自從我的未來，遭受眾神奪走的那天起。」

「所以當作替代，你就從眼睛溢出泥巴嗎？竟然帶來沒情調的玩意兒……用雜種的執妄所汙染的泥，弄髒我的寶物『聖杯』的罪過，就讓準備這場儀式的那些人來償還吧。」

說完彷彿已經看穿紅黑色汙泥的魔力是什麼來頭的話語後，吉爾伽美向阿爾喀德斯試探性地問道：

「那麼，你想怎麼做？趁著還有餘力時過來討伐我，雖然是無禮之舉，倒也算正確答案……不過，你真以為我除不掉那般程度的汙穢？」

「……強大的王啊，你說得對。只要你運用那些財寶，這些汙穢根本不值一提。」

與周圍旋繞的龐大魔力呈現出對照，阿爾喀德斯平靜得詭異，自然放鬆地佇立不動。雙臂放鬆垂下。弓輕握於右手。

但是，連使勁都沒有的四肢，卻在下一瞬間蘊含著銳利如刃，彷彿能砍下對手頭顱的凶狠氣息。

「但是……弱小的戰士啊。要屠殺你的，不是這些汙穢。」

「哦？」

「是溺於這些泥中的……屍體。」

×　×

由於教會的屋頂崩塌，在兩柱英靈之間開著一個大洞。

位在大洞底下的劍兵，一邊看著在上方對峙的兩股氛圍，一邊喃喃說道：

「哎呀……真頭痛。明明一場大戰接下來就要開始，我卻無法參加啊……」

說完，像是用攀爬的一樣，登上瓦礫的綾香小聲喊道：

「笨蛋！現在不是說那種話的時候吧！我們得快點逃走……！」

「啊，抱歉啊，綾香。我本來想保護教會的……但是有一點點失敗。」

「『一點點』？你還想逞強！別說了，要快點療傷……這裡是教會，總有繃帶之類的吧……」

「……想要用繃帶治療英靈……我真的越來越能體會，妳不是魔術師了……」

聽到綾香說出那種話，滿身是血的劍兵露出苦笑。

「別在意……我是在說……妳的心意，是比繃帶更有效的藥草……啦……」

「別開玩笑了！至少要先逃離這裡……」

綾香抓起劍兵的胳臂，想設法繞過自己的肩膀，抬起劍兵。

「啊，慢著，等一下……讓該保護的人民為我做這種事……我身為騎士、國王的名聲會下滑的……」

「從和我這種人在一起的時候開始，你的名聲就滑個不停了！別說了，快點！」

「讓妳這麼瞧不起自己……我身為英靈的名聲也……掃地了……」
想努力靠自己站起來的劍兵，即使如此狼狽也並未感到挫折，露出逞強的苦笑喃喃說道：
「不過……現在淪落到這種狀況，被說沒資格當使役者，我也無話可說啦……」

×　　×

在下方的瓦礫堆上，劍兵喃喃說著的這些話，自然傳不到上方英靈們的耳邊。
「這副身體已是屍骸，但我的罪孽永遠不會消失。」
稱自己為死人的阿爾喀德斯，就這麼向前邁步。
「既然如此，唯有將此身靈魂，託付在冥界晃蕩的忘卻之椅。」
毫無居心的一步。
但是，與他對峙的英雄王明白，那是承載自身所有一切，實為沉重的一步。
「偉大的敵人、可憐的同類啊。你也與我一同狂奔即可。」
接著，仍然維持放鬆姿勢的阿爾喀德斯，說出充滿力量的話語。
「──────射殺百頭(Nine Lives)。」

與吉爾伽美什展開「國王的財寶（Gate of Babylon）」幾乎是同一時間，阿爾喀德斯拉弓射擊。

吉爾伽美什放出的幾百件寶具。

和之前在荒野對峙時所放，攻擊力較弱的那類武器不同，這次的都是能一擊一擊確實地擊碎對手靈基的水準。

如果是懷著傲慢之心擊出，那些就會是毫無效率，純粹夾帶著凶狠的殺意，化為驟雨傾降的大量寶具而已。

但是，在恩奇都這個朋友正與自己立於同樣大地的現在，吉爾伽美什的心中不懷一絲傲慢。

他運用正確的寶具，準確地射向獅皮沒有覆蓋到的部分。那些尋常英靈會連一點痕跡都不留下的攻擊，正可謂是必殺一擊的群擊。

但是，阿爾喀德斯一邊往旁跳開，一邊連續射出的箭，卻將那些寶具不斷地抵消擊落。

每箭都能單支擊落數件寶具，威力驚人，但是更令人意外的，是他施展連射的速度，以及箭矢異常的飛行軌道。

一次就能架好兩三支箭的阿爾喀德斯，以看不見的速度不停拉弓射擊。

還不只如此，他射出的箭彷彿本身具有意識一樣，在空中改變軌道，準確地擊落吉爾伽美什從四面八方放出、逼近而來的寶具。

避不掉的寶具，他也藉由扭轉身體，用「毛皮」去承受攻擊，使威力無效化。

看到毫無留下一絲損傷的毛皮，英雄王「哼」了一聲，陸續放出攻擊。

「就讓我來檢驗吧。」

接著，英雄王左右兩側的空間大大扭曲——

「看看你的毛皮，究竟能視一切為『人之業』到什麼地步。」

從左側空間出現的，是閃亮的白色火焰。

從右側空間出現的，是閃亮的銀色液體。

若要正確地形容，液體本身其實是無色的，但周圍空氣中的水分在一瞬間就結凍附著，旁人看起來才會覺得是液體在閃耀光輝。

既然屬於英雄王的倉庫所有之物，想必火焰與液體也都是誕生自人類之手吧。

除了那些，又再加入人工的雷擊，由火、冰、雷形成的龍捲風，襲向阿爾喀德斯。

「……」

對此，阿爾喀德斯一語不發，並且更用力地拉弓。

大弓激烈地彎曲，並在讓人以為就要折成兩截的瞬間，釋放力量——「那個」在教會的上空形成了。

那是纏繞著不祥魔力，飛行軌道蜿蜒的九支箭矢。看起來宛如一條巨大的大蛇。

彷彿傳說中形容的九頭蛇，將接近的寶具之群吞噬。不僅如此，還平等地吞噬火焰、寒氣、雷電，徹底遮蓋大馬路一帶的天空。

如果是正常弓兵的做法，纏繞箭身放出的會是神氣本身，而不是宛如汙泥的不祥魔力才對。

原本，那應該會呈現「如龍纏繞」的光景，是技術與神氣的極致表現。

若用劍施展，會成為瞬息之間的九連擊劍舞，用槍施展則是一刺九擊的神技——據說這個寶具甚至連一子單傳都不曾有過，是僅由那名大英雄獨自開創，又獨自結束的一場「神話」。

但是，從化身復仇之徒的大英雄手中射出的箭，卻是呈現毒蛇的形態，或者該稱為邪龍的身影，在高層大樓之間迅速翱翔。

接著，彷彿將閃耀金色光輝的英雄王視為最後的餌食一樣，擴散的九頭大蛇以猛烈的氣勢襲向了英雄王。

「九頭蛇的毒嗎？雖然王遭下毒乃世間常態，但實在太乏味了，雜種。」

然後，英雄王暫時停止發射寶具，像是要敞開新的寶物庫門扉一樣，眼前的空間產生扭曲。

「雖然我對將蛇收為財寶大為光火，但那種程度的毒，我的寶庫早已儲藏完畢。」

「包含其血肉與解毒劑，一應俱全。」

×　×

「贏得了……會贏的！吉爾伽美什大人……！」

從賭場大樓的最頂樓觀看發展的緹妮，不禁握緊了拳頭。

那名自稱是阿爾喀德斯的異形弓兵，應該是在這次的聖杯戰爭中，屈指可數的強敵。

但看到攻防過程後，緹妮深信這戰的勝利者，會是自己的使役者吉爾伽美什。

不但能徹底防住、化解對手攻擊的那個人，現在以弓使出疑似寶具的九連擊，也是他的王牌之一吧？

根據狀況來判斷，阿爾喀德斯擁有能奪走對手寶具、近乎作弊行為的寶具。

但是照目前狀況的發展，王甚至無需拿出擊放「開天闢地創世之星（Enuma Elish）」的開天劍，自然不用擔心會遭其掠奪。

最重要的，是吉爾伽美什臉上毫無一絲恐懼與憂慮，那副態度讓緹妮無比放心。

「實在太厲害了，『吾王啊』……！」

她不禁說出的這句話——不是一個以奪回土地為夙願的魔術師會說出的話語。

而是一名無庸置疑陶醉於英雄王之光輝，尚留稚氣的幼童之言。

緹妮．契爾克已經忘記了。

自己身為英雄王臣子的同時，也是吉爾伽美什的「主人」。

而且，緹妮並不了解。

無論吉爾伽美什是多麼強大、尊貴的存在。

即使英雄王已經屏除傲慢之心，絕對不輕敵大意也一樣——

聖杯戰爭並不是那麼簡單——主人與使役者毫無合作——就能獲勝的戰爭。

×　　×

就在吉爾伽美什面對接近而來的九支箭——纏繞巨大的、紅黑色異形之物的魔力——準備拿出寶具迎擊的那一瞬間——

吉爾伽美什周圍敞開的扭曲空間，突如其來地「消失了」。

「……什麼？」

這時候，吉爾伽美什頭一次皺起了眉頭。

扭曲的空間消失，顯示出一件事實。

無盡儲藏著「國王的財寶(Gate of Babylon)」——巴比倫的寶庫。

可謂存在於現世任何角落，或者說並非存在這個世界，而是其他空間的寶物庫大門「已經全部關上」。

當然了，這種行為不會是吉爾伽美什自己做的。

但是，除了吉爾伽美什自身以外，還有辦得到這種事的人嗎？

不可能。

在吉爾伽美什如此思考的零點幾秒之間，屠殺英雄的毒箭仍繼續迫近。

但是，現在的吉爾伽美什毫無傲慢之心，也絕對不輕敵。

即使面臨這個事態，內心也絲毫未挫的他，準備用已經射出的殘留寶具來對應，然而——

「————————————————————————」

巧的是，「那個」與第一日恩奇都謳歌的大地聲鳴非常相似。
突然在史諾菲爾德市內鳴響的「那個」，以不協調的聲音攪亂著現場所有人的腦髓。
與恩奇都不同的部分，是其聲質。
這次響徹的「那個」，並不是歌頌大地與人類的美麗歌聲——
而是彷彿要詛咒這個世間一切，宛如扭曲怪物所嘶吼的怨嘆。

× ×

緹妮．契爾克透過遠見的術式，看到了吉爾伽美什在那瞬間顯露的表情。
「咦……？」
她瞬間懷疑起自己的眼睛。
因為——吉爾伽美什映在術式視野裡的表情，是緹妮至今都未曾見過的。
乍看之下，非常像他察覺恩奇都的存在時，顯露出的驚訝表情。
但是，在他的眼中——

竟然——「流露了一絲不允許英雄王顯露的感情」。

那種感情，應該是平常與英雄王敵對的人們，才會對他呈現的。

映在他眼裡的，是驚訝、是焦慮、是困惑——以及，一絲的「恐懼」。

哪怕只是一瞬間，凡是見到那副光景的人，任何人都會得到相同的結論。

英雄王聽到那陣嘶吼的瞬間，確實是「嚇到」了。

——不可能。

——騙人，一定是我看錯了。

緹妮連這樣說服自己的時間都沒有，遠見的術式中就映出了悲劇。

迫近的其中一支毒箭，貫穿英雄王肩頭的瞬間。

× ×

「唔……！」

吉爾伽美什勉強地避開要害。

但是在毒箭前，是不是要害根本不成意義。

剩下的毒箭在轉移軌道後，又朝著吉爾伽美什接近。

無法開啟寶庫。

姿勢在中了一箭下失去平衡。

還有，以不可能用劍打落的猛勢迫近的箭群。

在這可謂是無計可施的狀況下，英雄王的手腳又中了第二箭、第三箭，遭到貫穿。

第四箭以後的，都會準確地貫穿要害吧。

看在每個人眼裡，出乎意料的狀況——英雄王殞落——以為就要發生的那一瞬間——

不知從何處飛來的「土槍」，一邊通過吉爾伽美什身邊，一邊掃落剩下的毒箭。

伴隨著激烈的衝突聲響，箭上纏繞的魔力遭到彈開，震盪了周圍林立大樓的玻璃窗。

「……有人攪局嗎？」

「混……蛋！」

不曉得有沒有聽到敵人的話，英雄王氣憤地看向夜空。

「沒想到這麼陰魂不散……妳……再怎樣也不至於如此墮落吧！」

那句話，不是衝著阿爾喀德斯說的。

看向虛空的吉爾伽美什，已經捕捉到那股氣息。

是巧妙地消除至今的氣息。

是在吉爾伽美什遭到毒箭貫穿的瞬間，認為不必再隱藏，因而浮現的氣息。

然後——大馬路的上空響徹第三者的聲音，回答英雄王的問題。

「墮落？說得真過分呢。」

那是美麗清澈，又令人感到發寒的冷酷聲音。

「我身居的高度，從一開始就未曾改變過。是你擅自將自己視為比我們更高級的存在而已。我沒說錯吧？」

一道人影從一棟高樓的陰影中浮現。是一名美麗得不像人類，肌膚白皙，帶有一雙紅眼的女性。

吉爾伽美什不認識那副外表的女性。

但是，可能身處「其中」的存在，他清楚到厭惡的地步。

要說了解過頭也可以。

「話說回來，你終於露出破綻了呢……對了，毒的劇痛差不多傳遍全身了吧，你還不倒地打滾嗎？我會好好嘲笑一番的，快點哀號幾聲給我聽聽吧。」

嘴邊揚起一點微笑的美女，向遭受九頭蛇毒侵蝕的吉爾伽美什如此述說。

但是，理應全身正竄著彷彿血管流遍強酸一樣，用疼痛都難以形容的衝擊，吉爾伽美什雖然額上流著汗，仍然「藐視上空的女人」並說道：

「挺會吠的嘛。沒想到即使度過千年單位的時光，緊附著妳靈魂的傲慢還是沒有消失。簡直就像深深紮根的霉菌呢。」

被身穿「高傲」之盔甲行走的英雄王斷言「傲慢」的女人，一邊面露從容的笑容，一邊繼續說道：

「你想說什麼都隨你說吧。話說回來，我找你找得好辛苦呢……竟然讓我去那種陰暗潮濕的洞穴，這行為足夠你死上一萬遍嘍。」

洞穴——聽到這個詞彙，吉爾伽美什與透過遠見術式聽聞的緹妮，同時想起了一個場所。

那個外部的魔術師，最初召喚吉爾伽美什的峽谷洞穴。

「不過，我原諒你。幸虧我去了那個洞穴，才找到能夠將你殺死的別具意義的東西。」

從高空瞪著吉爾伽美什不放的女人，拿出一支外形誇張的鑰匙。

她手中所拿的，正是魔術師為了召喚英雄王所使用的觸媒。

是寶物庫表層的鑰匙。

不是用來開啟收納著開天劍的，最深處大門的鑰匙劍。

正如字面形容的一樣，是開啟寶物庫表層大門的珍品鑰匙。

「區區的人類擁有，也只是一支沒有用途、意義的玩意兒。」

「妳……」

雖然流著汗水、吐出呻吟，吉爾伽美什還是直挺地站著。對此，女人微微側頭，擺出可愛的動作——伴隨一抹冷冽的微笑，說道：

「不過，換成我的話……起碼還做得到『重新鎖好門』這種程度呢。」

封印了英雄王的寶庫——對緹妮陣營而言，這可謂是致命傷的一句話。

但是英雄王嘴角一揚，說出挖苦的話語。彷彿這件事比寶物庫遭封的事實更為重要一樣。

「居然能關上門，沒有被我的寶物迷了心竅啊。雖然剛才說妳墮落了，但我就訂正發言吧。」

「……」

「妳變得非常值得欽佩了呢……豐饒的女神。」

伊絲塔。

對於英雄王吐出的名字，女人默認似的露出冷淡的微笑。對於她的反應，吉爾伽美什靠著脫離常識的自尊心，一邊壓抑全身中毒的痛苦，一邊回以挖苦的微笑。

「還是說，是受到那個容器的影響？」

「才沒那回事。原本的人格已經完全藏於我的影子裡了……這孩子只是為了成為容器，才被製造出來的人偶。」

下一瞬間——

從她的腳邊擴散開如彩虹一般煌煌的七色之光。正下方隨即出現巨大「某物」的身影。

那道身影，恐怕就是——發出剛才那陣足以讓吉爾伽美什恐懼的「叫聲」的存在。

「就像這個孩子一樣。」

「……！」

這時候的吉爾伽美什雖還不知道那是什麼，但是一見到那現身的巨大物體——由名喚哈露莉的主人所召喚的「真狂戰士」——英雄王便全身竄過數種感情。

然後，他最後以憤怒的眼神看著那個，慢慢地搖頭。

「真是的，我竟然會看走眼……原來不是本人，而是劣化詛咒的殘響啊。」

「……」

仍然以淡薄微笑回應的伊絲塔，一邊環顧周圍，一邊愉快地說出代替回答英雄王那句發言的話語：

「其實，我真的想和你再多玩一會兒……不過再這樣下去，狀況好像會變得有些麻煩呢。」

「什麼……？」

「埃列什基伽勒……不對，是內爾伽勒的眷屬嗎？我想你還是快逃比較好喔。雖然你說過已經膩了，但是現在的你承受了『神罰』吧？」

應該是有聽到他與劍兵的對話吧。她淡然地這麼說道，直接與巨大的英靈一起轉身，最後在扔下一句話語的同時離開。

最後，她留下要稱為神實在過於邪惡，可說是妖豔的笑容和話語。

「難得你都避開要害了，就痛苦地活久一點吧。」

「……我是很想這麼說啦。」

伊絲塔停下動作，一邊回頭看向吉爾伽美什，一邊露出更冷酷無情的笑容。

「就算我能大發慈悲，這孩子似乎也不想饒過你們呢。」

下一瞬間，鋼鐵的巨體放出七色的光環，並扭轉成好像鑽岩機前端的尖頭一樣——直直地貫穿了吉爾伽美什的腹部。

「吉爾伽美什大人！不，不————！」

雖然年輕主人的尖叫在高空上形成了回音，但是傳不到接近地面，名喚伊絲塔的女人以及阿爾喀德斯的耳邊。

至於這聲吶喊，究竟有沒有傳到身為使役者的吉爾伽美什耳裡，也無法推測了。

唯有一件事，非常明確。

吉爾伽美什直到失去意識的那一瞬間為止，在敵人面前的他，都是威風凜凜、屹立不搖。

就連身為眾多英雄之師的半人馬，都祈求能捨棄不死性質的災禍的痛擊。

身上有三處受其毒所侵蝕，甚至被鋼鐵巨獸貫穿腹部——吉爾伽美什仍然以王者的身分佇立於敵人面前。

英雄王吉爾伽美什。

在本次的戰鬥中，他毫無一絲傲慢、輕敵之心。

即使如此，他還是遭到現實擊穿，屈服於神的謀略與獸的暴力之下。

最後，隨著他站立的教會屋頂崩塌，身影消失於瓦礫中的同時，與緹妮相連相繫的魔力通路也開始淡薄——

此刻，王的靈基完全消失了。

接著，數十秒後。

出現了與阿爾喀德斯的泥不同的，壓倒性的一群「黑」。

那陣從醫院某個房間湧出的漆黑之風，將周圍所有的一切包覆——

原本是那麼喧噪的大馬路地帶，一切的生命都消失不見了。

無論是吉爾伽美什的身影、阿爾喀德斯的身影、警察隊、費拉特，甚至連身處教會的監督官神父、綾香與劍兵的身影，都消失得無影無蹤。

最後，連一隻蟲子的屍體都沒留下——

在那裡的，只有由寂靜支配的城市街道仍殘留著。

身為幕後黑手方的警察局長、法迪烏斯也不清楚到底發生了什麼事——就在連法蘭契絲卡・普列拉提都掌握不到全貌的情況下，一切已然發生。

唯獨寂寥，繼續闊步於大馬路。

幕間

「傭兵、刺客、吸血鬼　II」

過去

在西格瑪開始以使用魔術的傭兵身分進行活動，還沒經過多久的時候，他曾經遭到一同奮戰的傭兵背叛。

而且，對方還是自幼與他在同一處「設施」長大的同胞。

對方在「設施」裡稱為拉姆達。是魔術本領高過西格瑪好幾個層次的男性。

當他們一起向某個使用魔術的人們組成的犯罪組織進行壓制時，他誘騙西格瑪進入有敵人埋伏的陣地之後，西格瑪被從身後擊中詛咒(Gandr)。

後來，這件事又幾經波折——以結果論而言，活下來的人是西格瑪。

雖然拉姆達的魔術在西格瑪之上，但是他因此太傾向仰仗魔術，所以才會遭到利用現代兵裝，活用戰術的西格瑪乘虛而入，嚐到了敗北的滋味。

「……為什麼……會是我？為什麼……我得死在這裡？」

受到失控的致死之詛咒襲擊，這名使用魔術的人在自家引發中毒，逐漸斷氣。

雖然全身已經動彈不得，心臟也正逐漸失去鼓動，但是從他嘴裡仍然不停地溢出怨嘆的聲音。

「因為你把我出賣給敵人。」

既然想要殺我，我就動手。

聽到西格瑪回應如此單純的答案，使用魔術的人氣喘呼呼地搖頭說道：

「不是那個。我不是在說那種事。太奇怪了吧，這不合理。強者生存，那是我們的法則。將殺意化為詛咒留於世上。目標對象以回敬詛咒來報以殺意，都是理所當然的行為。但是，不是那些……我想說的……並不是那些事。並不是……」

一邊口吐和著胃液的深黑色血沫，男人只是不停地喊出怨嘆。

「我還有……我還有要活下去的理由！我有了必須保護到底的傢伙們啊！想要的東西也多得是！我們的故鄉也是，在那座『設施』毀滅後，一切都沒有改變！所以我必須自己去改變才行！為了不讓我們這樣的人，再次誕生於這個世界！為了這個目標，我不能讓那個組織現在就被摧毀……！所以我奉獻了一切！付出時間、生命，還有在相同設施一起長大的你！為了重要的大事，甚至不惜犧牲你這個摯友！」

西格瑪見他眼神猙獰，彷彿現在就會跳起來勒住自己一樣地喊著，但是他的生命之火，正確實地、一點一點地消滅。

對一直面無表情地聽著其喊聲的西格瑪，拉姆達仍然向他吐出詛咒的話語。

「明明如此！為何會變成這樣！回答我啊，西格瑪！心中不存在宏大目標，沒有意志，『甚至不打算擁有的你』，為什麼要殺死我！為什麼……為什麼你超越了我？是什麼信念引出了你的力量！你是為了什麼而活著！甚至不惜殺死我！你……究竟是為了什麼而活的……」

就在男人的肺終於快要停止起伏時，西格瑪稍微思考後——乾脆地將答案拋回給那些詛咒的話語。

「為了什麼……需要理由嗎？」

「什……麼……？」

「……沒什麼原因，就是不太想死。而且我也不喜歡挨痛，所以我反擊殺死你。如此而已。」

「就是……不太想死……？」

男人的臉上，快速地失去血色。

自己的怨嘆，想烙在西格瑪心中的詛咒，完全沒有傳達到——或許是體悟到了這個事實，男人的表情染上了與剛才為止都不同的憤怒，以及絕望。

但是，西格瑪面對著那張臉，仍然毫無表情地述說話語。

「我覺得，就算你講完心中大事後對我說『拜託你去死』，我也會拒絕你。所以，你想背地裡除掉我是對的。你可以抬頭挺胸面對自己的背叛……我是這麼想的。」

西格瑪仍然面無表情，而且還說出好像沒自信的話語。使用魔術的男人擠出最後一滴生命，試圖喊了什麼。

「開什……那種……」

但是，終究沒能實現。

頭蓋內的血管到處破裂，眼球也開始流出血液的樣貌成為信號——男人的生命完全結束了。

西格瑪一邊冷漠地俯視那個男人，一邊思考。

——為了重要的大事，甚至不惜犧牲你這個摯友——

最後一刻說的那句話，不斷地在西格瑪腦海裡反覆響起。西格瑪靜靜地仰望夜空。

「這樣啊，原來你……一直視我為摯友嗎……」

當西格瑪理解到稱為拉姆達的男人，是多麼痛苦地到最後一刻才設計陷害自己的同時，他才察覺到自己從來沒有視他為朋友，更沒有任何想法。

「……真是難笑的笑話。」

結束一切的西格瑪，收下僱主付的報酬後，他不斷地、不斷地，反覆重播借來的喜劇節目DVD。

雖然從旁人的角度，可能看不出他有從中享受到快樂。

但是，他只是表情的反應很淡，的確有從那些節目裡享受到快樂。

只是——只有一件事，一件雜念交雜於心中。

他想到那張好像詛咒的雕像一般——以一副懷著憤怒與絕望交織的表情死去——使用魔術的人的那張臉，就覺得「就算是敵人，看到對方用那副表情死去也是挺難受的」。

要是至少能在最後說個令他心情好的笑話，就可以讓他稍微好走一些了吧——西格瑪這麼覺得。

不過，西格瑪完全想不到要說些什麼才好——他就只是一直盯著在電視機畫面上穿著紅色服裝的喜劇演員們，將心底的真心話喃喃道出：

「……喜劇演員好厲害啊……竟然連宗教審判這種事，都能演成一齣喜劇。」

×　　×

現在　史諾菲爾德　醫院後方

西格瑪正在思考。

為什麼會在這種狀況下，想起那時候的「前」同胞的臉呢？

眼前的狀況，與當時似是而非。

顏色濃烈的霧纏繞在刺客少女的身體周圍。不知是如何運作的，她驅使那些霧變成巨大猛獸、大蛇、美女、男巨人等等各式各樣的形態，伴隨著物理性的力量向吸血種……不，是疑似怪物、名喚「死徒」的男人發動襲擊。

攻擊那頭不時閃躲濃霧，手腳不時地被撕斷又瞬間再生，愉快地在戰場上舞動的人型怪物。

「哈哈哈！那是幽精嗎？沒想到妳還能支配那種玩意兒！真是的，老是接二連三地讓我不會生膩啊！只要接受我，還能讓妳支配更強的幽精喔。妳不想試著成為那位所羅門王（蘇萊曼）嗎？」

「……這不是支配。你在汙辱偉大的先人與他們的教誨嗎……！」

刺客呢喃細語地說出伴隨憎恨的話語，自己也接著一躍，與濃霧變化成的巨獸、巨人們一同跳向對手。

但是，當刺客看到即使身體遭受攻擊，仍然能一邊笑一邊再生肉體的怪物樣子，她不禁雙眼一瞇。

「你這魔物……」

「魔物──魔物啊！某方面來說妳沒有搞錯，但麻煩別籠統地稱我為那種玩意兒。會害我嫉妒其他的魔物，不禁想殲滅一切！雖然不可能辦到，但是為了妳，我也會化不可能為可能給妳看的！但是啊，我的人兒。能不能請妳先喊一聲我的名字呢？我叫做捷斯塔。捷斯塔．卡托雷！無論說多少次，我都要告訴妳這個名字！啊啊，想讓妳知道啊！」

捷斯塔一邊喊出難以置信是在戰鬥中的發言，一邊恍惚地繼續笑著。

對於那個怪物，西格瑪腦海僅閃過「嗯，不管是魔術師還是怪物，都存在很多那種不正常的傢伙呢」的念頭，但是──

相反地，他目光無法從與難以想像死亡模樣的怪物搏鬥的刺客身上移開。

她的臉上充滿憤怒。

那是對敵人、對自己的無力充滿憎恨的表情。

──啊，原來如此。

西格瑪明白了。

為什麼會在這時候，想起那名同胞的臉。

因為一模一樣。

那個怪物和過去的自己一樣，正在玷汙對方對人生的信念。

和沒有生存理由的自己，不慎玷汙他的決心時一模一樣。那個怪物，正在玷汙賭上了自身一切，想要克服難關的英靈。

刺客與自己的同胞是完全不同的存在。

就算是在善惡的意義上，也可說完全相反吧。

但是——無論是善人還是惡人，染上憎恨的表情，和染上絕望的表情都一模一樣。

同胞雖然背叛了自己，但是或許他也與刺客一樣，是想保護無法退讓的某種事物吧。

——那傢伙……拉姆達是想要保護什麼吧。

西格瑪不曾想要了解對方。即使來到這個瞬間，甚至想起那件往事也沒有這個念頭。

能確定的事只有一件。拉姆達的詛咒，雖然沒能傳達至西格瑪的靈魂——卻仍然殘留於西格瑪的記憶一角。

不是為了給予痛苦。與其說是下詛咒，更接近於下暗示。

那即是——

讓他在這個狀況下，產生一絲「必須幫助刺客」的念頭。是微小的意識誘導。

雖然那個暗示，對於僅想向西格瑪傳達怨嘆的同胞而言，並沒有其意圖在內。但是——

那個暗示化成宛若喜劇的諷刺，觸動了西格瑪的心。

以結果來說，西格瑪迅速掏出槍，立刻朝捷斯塔射出子彈。

雖然有一大段距離，但是西格瑪經過強化的感覺與肉體，彷彿將自身視為槍座一樣調整過，準確地擊穿了捷斯塔的眉間。

當然，這點程度雖然殺不死他，但是施加過魔術處理的子彈與平常的武器不同，能確實地造成傷害。

「嘖……區區人類，別不識好歹地插手。」

傷口立刻就再生復原的捷斯塔眼球一轉，狠狠瞪向西格瑪。

在那微乎其微的短暫時間中，西格瑪做的事是——利用念話發出詢問。

向「看守」——向身為自己使役者的影子們，詢問當下所能知道眼前怪物的情報。

然後——他將得到的答案，直接化為言語說出口。

「……你體內的『子彈』，還剩下幾顆？」

這句擺明找麻煩的話語一出，讓對手動搖了。

雖然還不清楚使役者「看守」的真面目，但其特性是「在受到召喚的期間，能掌握一切在城鎮裡發生過的事情」這種性能脫離現實，宛如監視系統的特性。

根據從那個能力得來的情報——名為捷斯塔的吸血鬼，擁有幾顆自稱「子彈」的「核心」，他可以藉由切換核心來重組包括靈魂的肉體。

雖然魔術師的靈基似乎已經遭到刺客破壞掉了，但是看守在那個時候還沒有受到召喚，所以並不知道詳細狀況。

「……什麼？」

「我對你的事一清二楚喔」這種挑釁的效果，既單純又立即見效。

捷斯塔的表情消失得如同能面的面具一樣，與原本就面無表情的西格瑪呈現相覷對峙的構圖。

「……？」

刺客警戒著突然停止動作的捷斯塔，並且看向西格瑪。

就連對那樣的刺客都懷有好意的捷斯塔，看著西格瑪問道：

「你是主人嗎？」

「……我沒必要回答你。」

「你是怎麼知道我的情報的？使役者的能力？」

「我並不想揭露情報來源。我獲知的情報，只有你藉由變成小孩模樣逃過代行者的獵殺，然後就一直潛伏在醫院裡，不曉得在少女的床底下盤算著什麼事而已。」

聽到西格瑪淡然描述的事實，原以為自己有徹底做好隱密行動的捷斯塔，眉頭一皺地動怒喊道：

「令人不舒服的小子……雖然不會改變要整死你的決定，但我就先讓你不能再耍嘴皮子好了。」

接著，捷斯塔準備將攻擊對象改成西格瑪的那一瞬間——

史諾菲爾德的上空，出現一條飛舞的巨蛇。

「！」

就連捷斯塔也對那條巨蛇的魔力奔流為之警戒，他一邊與刺客、西格瑪保持距離，同時注意巨蛇那邊。

「沒想到……那個弓兵具有如此力量……原來如此原來如此。累積那麼多準備所展開的聖杯戰爭，簡直就像神話時代——」

就在他愉快地說到一半時，更劇烈的激流襲向他們。

「————————————————————————————」

彷彿要詛咒世間一切，如同悲鳴的叫聲，從大馬路一帶響徹傳來。

聽見宛如大地本身在鳴啼的尖叫，捷斯塔睜圓了眼。刺客與西格瑪也產生自己的靈魂被震碎般的錯覺，彷彿一瞬之間被時光所遺留下來。

「怎麼回事……？聖杯這玩意兒，連這麼誇張的東西都召喚得了嗎……？」

從那陣叫聲中感覺到有靈基存在的捷斯塔，困惑似的自言自語說道：

「哎呀呀，事情再繼續這樣下去，不但不會成為我喜歡的喜劇、悲劇，甚至還會連觀眾、舞台都全部燒光不是嗎？」

捷斯塔做出仰天嘆氣的動作，下一瞬間又擺出邪惡的笑容看向刺客。

「算了，也罷。既然如此，我們就移身到新的舞台去吧。」

「……？你……在說什麼……？」

就在捷斯塔敵意不減、驅使魔力將纏繞的霧變成更巨大的猛獸的那一瞬間——一陣如黑煙般的「某種事物」從醫院裡溢了出來。

「！」

「這是……」

在驚訝的刺客與西格瑪面前，捷斯塔敞開雙臂，接受了那陣黑煙。

「好了，第二幕要開始了！放心吧，你們要站上的舞台，不是這麼充滿殺戮的場所！而是有微風吹拂，充滿和平的理想鄉！」

捷斯塔就這麼讓自己的身體融入黑煙之中——只留下聲音在周圍迴響。

「我會期待那片美麗的景致……被你們親手徹底弄髒的樣子喔。」

所有方位迴響著彷彿舔遍身體的聲音的下一瞬間，如大浪般接近過來的「黑」群將刺客與西格瑪包入其中，然後——

場景轉暗，舞台改變。

第十六章
「第三日　天明之晨與不醒之夢　I」

夢境中

吹起了風。

　刮起了風。

咻咻地，呼呼地，全部融化混合了。
星星也是，高高的大樓也是，睡著的城市民眾也是。

×　　×

即使在夢境中，少女還是沉睡著。

天黑了，所以睡覺。睏了，所以睡覺。
那正是少女所懷抱的小小希望。

所以，正因為如此。

【————】

【————】

為實現少女的願望，守護她的事物行動了。

要讓干擾少女安眠的眩目強光，沉睡暗去。

要讓威脅少女救贖的煩人暴風，不再刮起。

× ×

在●●●●●

有聲音。

入睡的「觀測者」們耳邊，傳來聲音。

「描述我的恩仇？由你這種人？」

那道聲音究竟是誰的呢？

僅僅是說出口而已，就讓現場氣氛為之凝結，就算在下一瞬間發生慘劇也毫不奇怪。那道聲音聽起來就是如此銳利，宛如怨嘆之火在搖蕩。

「觀測者」們對接著聽到的聲音有所印象。

「是啊，沒錯。這是交易。我要將你的『復仇』改編成書。告訴全巴黎、全世界的人，告訴他們你這號人物的事。」

是賜給己方戰鬥力量的使役者——亞歷山大．大仲馬。

繼聽到聲音之後，視野也朦朧亮起。

映入「觀測者」們眼中的光景，是一名黑衣男人正拿著尖銳的叉子，抵住大仲馬喉嚨的情景。

那或許算是鬥爭的一種吧。

雖然與勇猛知名的父親走上截然不同的道路，但是此刻的大仲馬，正在對眼前這名「好敵手」喊出可謂是賭上生命的話語：

「恩怨情仇之類的玩意兒，每個人多多少少都有，是連小鬼都能說的事。不過，你——愛德蒙．唐泰斯，巖窟王的恩仇，誰能好好描述？……是我。只有我喔，復仇者。糖果被弟弟拿走的小鬼的恨意，與整個人生全部遭奪的恨意有什麼不一樣？當然不一樣！但是，能將那些說得充滿戲劇性，比任何人說得都要精彩的人，並不是你。要將話語傳達到幾萬、幾十萬民眾的心扉裡這種事，你辦得到嗎？我可以！我有能辦到的筆！……不對，反過來說好了，你已等同於告訴過幾百萬、幾千萬人了！雖然確實是靠我的筆記述下來的，但是讓我發現到那種生存信念的不是別人，正是你本人啊！」

坐在椅子上的大仲馬明明喉嚨還被叉子抵著，卻在中途就站了起來，彷彿讓軍隊站在自己前方開始演說的粗魯指揮官一樣，朗朗說道。

「……」

片刻的沉默。

黑衣男人雖然不帶表情地凝視大仲馬，但是他最後還是放下叉子，錯愕地吐露話語：

「……雖然我不會要求報酬，但是以交易來說，實在沒道理啊。」

「報酬的話，有啊。」

大仲馬一邊聳肩，嘴角一揚地說道：

「我會讓你成為明星。」

然後，敞開雙臂的大仲馬，炯炯有神地像是在闡述將來夢想的孩子一樣，對黑衣男人說起自己的展望。

「我的小說主角所要走的路，將是一條明明充滿鮮紅色血沫以及漆黑色怨念，卻人人喝采道

『就是這樣才美麗』的復仇之道。我會讓全法國的人在往後一百年間，但凡聽到『復仇者』這詞彙，都會想起你。」

「觀測者」們終於察覺到了。

看樣子，這就是大仲馬的交涉手法。

眼前的黑衣男人，恐怕是在大仲馬為數眾多「作品」裡出現過，某個角色的原型吧。

在「觀測者」們中，雖然有幾名了解這方面事跡的人，已經明白那名黑衣男人是誰，即使如此，他們腦海裡還是浮現「莫非那個人實際存在？」這個疑問。

「你的復仇，會在那時完成。遭到民眾遺忘、蒙受社會強壓冤屈、被世界拋棄的你的復仇，將在那時首度得到公正的認同。」

「公正……？你認為那就是我不斷在追求的東西嗎？」

「姑且不論是不是你在追求的……但或許可以拯救與你相關的那些人。」

聽到這句話，黑衣男人再次陷入沉默後，慢慢地搖了搖頭。

「隨你高興吧。」

「可以嗎？」

「愛德蒙·唐泰斯這個人已經不存在了。現在在這裡的，只是一團不斷往恩仇深淵墮落的怨念罷了。」

男人儘管達觀地說道，語調中仍然燃著昏暗火焰般的情感。

大仲馬再次將酒杯拿起啜飲杯中物，有點寂寞地說道：

「意思是你要捨棄愛德蒙·唐泰斯這個身分了，對吧？」

「……反正這個名字，原本就屬於理應從伊夫堡消失蹤影的男人所有。」

「裹住你的那件外套，很像漆黑的火焰呢。是想找時間自焚嗎？……不對，還是說……已經做過了？即使同樣是黑色，如果這是黑色鬱金香的話，就能成為挑動民心的演出了，但在成為單純的引火炭以前，回頭也是一個辦法，不是嗎？」

「觀測者」們感到困惑。

大仲馬明明就說過肯定復仇般的話語，為何事到如今，又說些好像想阻止對方的話呢？

「是啊，沒錯。你的路途前方就只有地獄。是比包裹你的漆黑更為深邃的黑暗，而且不存在救贖。已經看多『人類』的我可以斷言，你有九成的機率無法回來這邊。因為你將會親手捏碎『常人的幸福』這種玩意兒。不過呢，要是你在這裡選擇回頭，搞不好你迎接的結局，會跟我準備要寫的小說一樣喔。」

聽到大仲馬好像在說「別讓我寫小說！」的話語──黑衣復仇者好似愉快地浮現笑意，朝向虛空露出凶狠的笑容。

「是嗎……所以被譽為巴黎之王的你，才會保證我的前方是地獄嗎？」

「你為什麼要笑啊？」

「我放心了。既然如此，走上那條路也值得了。」

復仇者一邊滲出彷彿連自身都要燒盡般的憤怒，一邊繼續說道：

「不需要救贖，也不需要慈悲！我的憤怒將連同潔白無垢之人都一併捲入，要是我不親自承受報應，憑什麼能說要『復仇』呢！」

——我們為何會在這裡？

——又為何會看到這副光景？

「觀測者」們如此思考。

但是同時，他們也逐漸地無法移開視線、不去看那副光景。

即使不知道與大仲馬交談的男人其真正身分究竟是誰，但棲宿男人靈魂之中的昏暗火焰，也已痛徹心腑地傳達給他們了。

彷彿自己這群人，就是受到那股火焰的招引，才會抵達這個空間一樣。

仍然對那個男人與大仲馬的事情一無所知的「觀察者」們，只覺得自己的心受到黑衣男人莫名地感化。

黑衣男人停止話語，重新看向大仲馬，接著再次開口：

「不過……漫步地獄的人會有怎樣的結局，根本無須在意。」

男人一邊咯咯發笑，一邊好似愉快地說道：

「本來以為你與我的敵人一樣，都是金錢的奴隸……沒想到你很誠懇呢，小說家。」

「……怎樣都無所謂吧？我只是夠有錢了而已。」

突然被這麼一說，大仲馬困擾地搔頭。

對這樣的大仲馬，黑衣男人一邊轉過身，一邊往包廂的後門邁步。

「反正都是捨棄掉的名字了。既然你說可以用筆來拯救，那你就試試看吧。」

「我會的……雖然我已有準備……這樣吧，等下次我在與你無關的地方，從別人那裡聽到『基度山』這個名字時，就將這當作命運的暗號好了。我就從那時開始撰寫吧。文章會在報紙之類的媒體上連載，你慢慢期待吧。」

「千萬別忘記，要是我不滿意結局，我一定會去到你床邊，將你的原稿、喉嚨都咬破撕裂喔。」

男人伴隨著銳利眼神與笑容一同吐出的威脅話語，大仲馬直接挖苦回去。

「知道了。等我大賺一票，我就用那些錢在塞納河河畔蓋一座『基度山伯爵城堡』吧，讓你要來找我時，不會迷了路啊。」

此時的大仲馬尚未知曉，這句挖苦用的話語，後來真的實現了。

「總之，要是你反而很中意結局，那時候可要來讚美我喔！可以的話，我也想知道成為主角原型的你，實際上迎接了怎樣的結局呢。」

「我能告訴你的話，只有一句。」

背對著大仲馬的黑衣男人露出一絲苦笑，頭也不回地拋出一句話。

「等待，但懷抱希望……就這樣。」

聽到兩人之間對話的「觀測者」們，沒能再看到後來的光景。

隨著黑衣男人話語一出的同時，他們的意識就從這個空間脫離了。

這些人只有一個預感──我們已經被編進大仲馬這名英靈體驗的人生中，其「故事」的一部分裡了。

然後，一陣光包住「觀測者」們的意識──

朝陽下

×　×

「……剛才，那是……？」

負責統馭警察隊的貝菈，察覺到自己正躺在醫院範圍內的長椅上後，緩緩起身。

「這裡是……怎麼會？」

然後，貝菈發現其他名警察隊成員也都倒在附近，並且像是說好的一樣，紛紛清醒起身。

每個人都滿臉困惑，一邊環顧四周一邊異口同聲地說道：

「這裡是……？」

「咦？剛才術士先生是不是……」

「我看到術士……還有黑衣男……」

從每個人喃喃說道的內容來看，貝菈判斷，大家都看到了一樣的光景。

「是夢境……？就算是夢，也太……」

那副光景實在鮮明，充滿現實感。

連對談內容都能清楚想起的那個地方，彷彿像是自己維持著清醒狀態，只有意識跳去其他時間、空間了一樣。

「喔，貝菈小姐，你們也看到了嗎？」

「……約翰？」

從貝菈身後傳來聲音的身影，是已經清醒的約翰。

他的義肢半毀，也已失去具九頭蛇毒的刃物。

不過，萬一刃物在義肢損毀的狀態下裸露在外，反而會非常危險。就某種意義而言，失去了反而比較幸運吧。

「有人說到黑衣男，所以是術士老師在餐廳裡和復仇者講話的段落吧……嗯，我一開始看到的也是那一段……」

「一開始……？約翰，你到底發生了什麼事？怎麼會得到那種力量？」

對於冷靜詢問的貝菈，約翰有點困擾地疑惑答道：

「呃……我也不太清楚耶……那個段落之後，我又看了各式各樣的『英雄譚』喔……大約十小時吧……看了像三劍客那樣的超強火槍手們，還有革命英雄加里波底，其中比較怪的，就是還看到在巴黎相遇，那些厲害作家們舉辦的聚會吧……啊，那些作家們，或許也的確算是英雄……」

約翰困惑地描述，貝菈對他話中的某部分產生反應，傾頭問道：

「十小時……？」

「對啊。說來奇怪，我醒來的時候，頭上的醫院天花板都還在飄落塵埃呢。所以其實應該沒過幾分鐘吧……當時我能確定的只有——是術士老師賜我力量的吧……這件事而已。」

「術士……？該不會從地下出來了吧？他也在這裡？」

「與其說他在這裡嘛……說起來，這裡是哪裡啊……」

約翰一邊吞吞吐吐地說著，一邊看向連接著大馬路的醫院正門。

「我是在教會前面醒過來的……總之，請妳自己看吧。我很難解釋……」

「？」

貝菈在約翰的催促下，帶了幾名已經意識清醒的警察離開醫院，但是——

在他們眼前，有幾隻小鳥正在翩翩飛翔——就在完好無損，沒有一絲破壞痕跡的大馬路上。

屋頂理應遭到半毀的教會現在也完全復原了，但別說是「復原」，甚至辨識不到曾經遭受過破壞的痕跡。

彷彿昨天由英靈之間交戰破壞的過程，本身就是一場幻覺一樣。

貝菈等人一臉困惑。他們身後，眼神有些憔悴的約翰半自言自語似的詢問貝菈等人：

「失去意識以前的戰鬥，如果都不是假的……那這裡，到底是什麼地方呢……？」

× ×

史諾菲爾德　柯茲曼特殊矯正中心

「消失了——只能這麼說了呢。」

表面上，這座設施是採用當時在美國普遍可見的民營監獄的外表。

待在設施內部特殊監視設備當中的法迪烏斯，輕輕地嘆了口氣。

瀏覽過報告的他，正在研究「在現場的多名關係人，目前全部消失無蹤」這件事。

報告書上寫到，當時警察局的人正包圍醫院。

而且據他所了解，警察局的人事前曾經主動聯絡醫院，雙方有過接觸。

看到由接獲聯絡的主治醫生所負責的患者姓名，法迪烏斯搖搖頭。

「繰丘椿……可惡的繰丘，沒想到會把住院中的女兒拱成主人。」

繰丘夫妻雖然是協助這次虛偽聖杯戰爭進行的魔術師，但由於有不自然的舉動，讓法迪烏斯一直懷疑著他們。藉由昨晚的騷動，他掌握住大概的狀況。

「雖然不知道令咒是巧合出現，還是意圖性完成的……我懂了，他們想讓女兒供給魔力，夫妻倆躲在安全的地方指揮使役者……雖然狡猾，也算是一種戰術。我聽說在冬木的聖杯戰爭中，那個有名的君主也是將未婚妻當作了魔力的供給源呢。」

「請問，是繰丘椿的使役者做了什麼嗎？」

法迪烏斯向他的女副官——愛德菈提出的疑問，輕輕點頭。

「沒有施展過阻礙認識的魔術痕跡，法蘭契絲卡小姐也證明了沒有用幻術一類動過手腳的跡象。不過，她對這個狀況似乎挺樂在其中。」

「這樣一來就確定，短短時間內有三十名以上的人員從大馬路上消失了。如果使役者並非靈體化潛伏了行蹤，就是也包含在消失名單中。」

對於以業務語氣淡然告知的愛德菈，法迪烏斯再次看向報告的名單。

「除了警察隊以外，消失的人還有費拉特．厄斯克德司、待在教會，自稱監督官的漢薩．賽凡堤斯，以及推測是他下屬的四名修女……表面上是尋常的神父，但是根據奧蘭德局長提出的報告，以及我這裡的監視網映出的戰鬥紀錄來看，他應該是代行者吧。還是本領非常好的那種。」

接著，法迪烏斯皺皺眉頭，說出消失名單中剩下的成員。

「其他還有……西格瑪，以及與他同行的劍兵的主人……」

看了映於影像紀錄中，戴眼鏡的金髮女性一眼，法迪烏斯沉思起來。

「雖然挺在意她到底是什麼人……但是看起來不像魔術師呢。雖然無法斷言不可能，但是這個狀況，還是視為繰丘椿的使役者做了什麼事比較妥當吧。」

實質上已經無法與同屬這邊的人──西格瑪取得聯繫，推測與他同行的刺客、劍兵也從今天一早就無法確認其行蹤。

姑且不論召喚出來當作「誘因」的刺客，要是劍兵消滅了，他的靈基與魔力應該會注入聖杯才對。

沒有出現這個狀況，至少劍兵還活著的可能性相當高。

既然如此，他們到底消失到哪裡去了？

雖然法迪烏斯想要好好地思考，但他還是把必須先完成的案件告訴了愛德菈。

「大馬路的毀壞，是之前的沙漠管線事故造成連鎖反應，導致地下的天然氣管爆開而造成的不幸……就照這方向去處理吧。天然氣公司是有點可憐……不過，反正是為了徹底利用才成立的公司。雖然同情那些一無所知的底層職員，但這就交給『平凡的』政治家們構思、組成的社會保障去負責吧。」

一邊述說事不關己般的話語，法迪烏斯又一邊思索起別的案件。

──好啦。

──該掌握一下，我的使役者在做什麼了。

——最壞的狀況，或許必須用令咒叫他回來……

一邊思考，準備回到作業的瞬間——

體內循環的魔力，出現一絲的搖蕩。

「……」

彷彿自身內部「微暗」下來一樣，是異於平常五感的奇妙感覺。

直覺明白到那是「信號」的法迪烏斯，將善後處理交給愛德菈後，離開了觀測室。

然後，法迪烏斯走進位於同座設施裡，某間自己的「工房」。他將門關上，確認過已經遮斷所有來自外部的電波以及魔力後，開口說道：

「……能讓我問問，究竟是怎麼回事嗎？」

「契約者啊，汝想問什麼？」

毫無喜怒哀樂之類的感情，反而更令人覺得寒冷徹骨的聲音，從法迪烏斯的身後響起。

繼承自代代祖先，工房內的各種人偶。

法迪烏斯有種彷彿聲音是從這些人偶中發出的錯覺，他用主人的凜然口吻說道：

「當然。我要問問命令你去辦的事情的狀況，刺客……不，哈山．薩瓦哈。」

並且，他刻意說出那個名字。

與當作「誘因」的狂信者少女不同，法迪烏斯召喚的是可稱為「真刺客」的存在。他對自己的使役者說道：

「我記得命令你去辦的事情是『暗殺史夸堤奧家族的首領迦瓦羅薩·史夸堤奧』。但是，狀況好像變得有點奇妙？」

下完這道指示後，美國的一部分地區在一天內陷入混亂當中。

這一天內，有三十五名從財經界到媒體界，乃至政治界、推廣外交的重要人物，不是意外身亡，就是急病去逝。而且病死的人之中，有過半數的人不是死於長年對抗疾病未果，而是突發性的腦溢血、心肌梗塞之類造成的促死。

「迦瓦羅薩的死亡報告，我也還沒收到……不過，從推測是他所在處的地點，都依序出現死者。不懷疑這兩件事有關係，實在說不通啊。」

法迪烏斯忍著手掌滿是汗水與汗流浹背的不舒服，堅定地對使役者說出這些話。

如果這些狀況，真是出於真刺客自己的判斷而反覆行使的殺戮，就算要用上令咒，也絕對要控制住他的行動。

但是，如果對方是不在乎自身會消滅的個性，那對方趕在令咒發動前，就動手殺掉自己的可能性相當高吧。

做好覺悟的法迪烏斯，一邊準備發動令咒所需的意識與魔力，一邊這麼問道。但是——

另一邊的「影子（哈山）」只是淡然地回答：

「讓決意與汝之信念背道而馳的命脈，回歸熟睡之內——我做的決定，沒有任何錯誤。」

不具意志的影子，用僅是陳述事實，毫無感情的聲音說道。

「我以漫步崇高大嶽之陰影的身分起誓，其人們……迦瓦羅薩．史夸堤奧的命脈，確實已斷。」

「……其人……『們』？」

法迪烏斯懷疑地皺眉頭後，露出恍然大悟般的表情。

「難道……！」

「然也。」

法迪烏斯的疑惑，隨著他身後「黑暗」靜靜說出的事實解開了。

「迦瓦羅薩．史夸堤奧已經侵蝕了那些『人』，如此而已。」

×　×

一天前　美國某處　史夸堤奧宅邸

史夸提奧家族。

這個黑手黨不只影響地下社會，也大大影響著財經界。是全美國屈指可數的暴力團體。即使最近已經在嚴格取締非法壟斷利益的集團，史夸提奧家族仍然能掌握強力的地盤勢力，是有理由的。

他們收攏因為某些理由遭到鐘塔、東洋魔術組織放逐的魔術師，或者生來就屬於異端的魔術師，並且投注充沛的資金，保護他們的活動不受干擾。

雖然得提供魔術作為回報，但是他們絕對不強制要求，所以這些魔術師、使用魔術的人也為了保住「絕佳的贊助者」，或者「防止敵對組織追殺的庇護者」而親自效力、保護他們。雙方一直維持著這種狀態。

雖然家族也與南美的毒品壟斷集團之間有穩固的渠道，但是那些「毒品」並不會流到市場上，而是經由各種手法改良成特殊的毒品，成為家族底下使用魔術的人們，在行使魔術時所使用的特殊魔術觸媒，或者是製作祕藥時使用的素材。

鐘塔則是以「有機會擊潰他們當然會動手，但是就現狀而言，擊潰後將與美國這個國家敵對，或是解放那些隸屬黑手黨的使用魔術的人們，負面影響會太大」為理由，對其組織採取半放置不管的做法。

在那個對社會的表裡世界，甚至連魔術世界都有觸手伸入其中的強大組織，其位居頂點之人，現在——

正在寬敞豪宅最深處的一張巨大床舖上，以戴著呼吸器，全身接滿管線的狀態，像墊子似的平躺著。

不論誰來看，都會認為「生命已到盡頭，撐不了幾年」的這個人，呼吸器底下浮現著笑容，將一隻大狐狸娃娃遞給站在床邊的年幼少女。

「謝謝！謝謝曾曾爺爺！我要當作一輩子的寶物！」

「啊啊……奧莉薇，不用寶貝一輩子。等妳有了更寶貝的東西時，就將它、將我都忘了吧。」

已經無法起身的老人，向才五六歲的少女說出雖然顯得嘶啞，但尚有力道的話語。

他的名字是迦瓦羅薩・史夸堤奧。

雖然是假名，但是已經留名於世界的這個名字，也可說是他的一切了吧。

在官方的紀錄上是一百零九歲，但據說實際年齡還要更年長。這名用盡各種手段延續壽命的男人，就是史夸堤奧家族的首領。

他用的那些「手段」絕大多數是不能張揚的魔術。但即使如此，或許是因為他本身不是魔術師，要維持肉體與精神不崩壞有其極限。

如果是抵達真正高位的魔術師，還有可能將自己轉變成吸血種之類的「非人物種」。但是，能毫無風險地將他人——何況還是普通人的迦瓦羅薩轉變、昇華成那種形態的魔術師，至少在史夸堤奧家族中並不存在。

「喂，奧莉薇。」

「什麼事，曾曾爺爺？」

四十三個玄孫中最為年幼的少女問道。迦瓦羅薩一邊微笑，一邊說道：

「妳長得和我八十年前死去的妻子一模一樣呢……再讓我好好看看妳的臉一下。」

「好奇怪喔，曾曾爺爺。說得好像你就要不在了一樣。」

聽到純真少女的這句話，帶她過來的護衛們都稍微別開了視線。

恐怕是因為這些人都心知肚明，迦瓦羅薩的壽命已經所剩無幾了吧。

但是，身為當事人的老爺爺本人沒有一絲虛弱的表現。他只是一邊微笑，一邊聆聽玄孫的話語。

後來，經過短暫的對話後，少女與護衛們離開房間。

房間裡只剩下躺臥不起的迦瓦羅薩，以及些許呼吸器的聲音在迴響。

雖說一名護衛都不在，但是位於史夸堤奧家族大本營最深處的這個房間，正是一座魔術性的「要塞」。

帶玄孫來此處的護衛們中，其中一人是極具本事的魔術師。要是沒有他帶路，甚至無法辨識通往這個房間的走廊。

這座由史夸堤奧家族成員中，精挑細選的魔術師們使出渾身解數建造完成的巨型複合魔術工房——正是史夸堤奧家的本家宅邸。

不但鋪設了多達三十五層的強力結界，還在內部設置許多防禦機構，以及為數眾多的惡靈。

由於曾經發生過某名魔術師為了摧毀魔術工房，連同整座建築物都一併炸掉的案例。有鑑於此，他們建構出一套足以應付來自上空的飛行轟炸，甚至從地底深處發動的地盤破壞手段的防禦系統。

若要再加入超越這些規模的魔術性防禦，恐怕就得效法魔術師的大本營鐘塔、彷徨海的做法，或者是接近根源等級的強大魔術師，花費畢生去建造迷宮、魔境那樣打造了吧。

這個空間，不但位在最牢固的結界中心，別說殺氣，就連蟲子都感覺不到。

明明處於除了自己的壽命以外，不存在任何威脅的狀態——

迦瓦羅薩慢慢地拿掉自己的呼吸器，一邊凝視著虛空，一邊開口：

「……你在這裡，對吧？宣告結束的黑暗啊。」

虛空沒有回應任何答覆。

儘管如此，迦瓦羅薩仍然自言自語似的繼續說下去：

「……啊啊，我知道的。我一直很清楚……從幾年前就知道了。」

沒有了呼吸器，理應連呼吸都很辛苦才對，但即使如此，迦瓦羅薩還是長時間地吐露自己的話語。

「這顆眼珠，是我以前投注私人財產在拍賣會標下、移植的魔眼……該說是不合，還是太合了呢……我不斷地……重複地……只看到一個未來。」

一邊為左右顏色有些微差異的眼睛露出自嘲般的笑容，男人一邊繼續向虛空說道：

「是我死去那一天的光景——就是今天啊……」

即使如此，虛空仍然沒有回應任何話語。

但是，迦瓦羅薩露出放心般的表情，用彷彿確信對方「正在聆聽」的語氣繼續述說。

「我早就知道……今天就是那一天……從奧莉薇向我要求狐狸娃娃時便明白了。」

移植到迦瓦羅薩眼中的「魔眼」。

在某輛列車裡舉辦的拍賣會移植的那顆魔眼，確實讓迦瓦羅薩看到了未來。

看到成為現在自己定位的地方，所要發生的未來。

把狐狸娃娃送給玄孫後，「黑暗」將會讓自己永遠闔眼的光景。

「其實很簡單。不要將娃娃交給一族最小的女兒……別送給奧莉薇就好。或許這麼點小動作就能改變命運。我有考慮過……但這就是所謂的老人家吧……要我眼睜睜看著奧莉薇又哭又鬧彆扭地難過，不如老老實實死掉算了……我不禁有這種想法啊。」

理應沒有別人在場的空間裡，迦瓦羅薩寂寥地說著。

那個過去讓敵對組織落入恐懼深淵，冷漠無情的首領如今風範不在，只是以一名即將死去的男人身分，繼續向看不到的某個事物述說自己的話語。

「很可笑吧？至今以來殺死多少人，毀滅多少組織，才爬到這個地位的我竟然會……啊啊，為我帶來死亡的黑暗啊……要是你真的就在那裡，請你聽我說吧……雖然……我要結束了，但不會就這麼結束……不，是無法結束……」

或許是因為拿掉了呼吸器，老人的臉色因氧氣越來越少而逐漸蒼白。

但是，彷彿即使如此仍必須說完般，他一邊將手伸向虛空，一邊繼續述說：

「希望我延續壽命的魔術師們……早就不在乎我是不是我了……雖然巴茲迪洛一直反對……其他的魔術師……殺死國家有力人士的靈魂……將我的人格……覆蓋上去。他們……要把這個國家……打造成魔術師的樂土……愚蠢的計畫……阻止他們吧……給我……賜給我終點吧……我其實……只是想……『魔法』……想試著使用魔術而已……」

話語從途中就開始成為隻字片言，不是完整的一段話了。

但是，就像是要在最後，將自己的痕跡留存於世界一樣，那些話語都成為了如同詛咒的詞句，留在這個房間之中。

「啊啊，啊啊，我第一次迷戀的女人，我的妻子，就是魔術師……幾乎沒多少魔術迴路……和平凡人差不多的……被鐘塔的傢伙……殺了……魔術……啊啊，魔術……魔法……我一直好憧憬……像小孩一樣……也想讓自己……使用魔術……和她一樣……想看到……和妻子一樣的……世界的……景色……為了　這　目標　我　成　組織　將　力量　掌　手　啊啊　啊　啊啊啊　啊啊啊　啊　啊啊　啊——」

彷彿在贖罪一般，迦瓦羅薩不斷吐露隻字片言，描述自己的過去。

伴隨羅列的話語，目光裡搖蕩著感情。

然後，當他的心，即將向死亡的恐懼折服的一瞬間——

「從虛空中伸出的黑暗，悄悄地、溫柔地遮住了他的眼睛」。

「那個」的確一直存在著。

雖然「那個」並非至高的事物，但在這個以防範那類事物為基準設置了相應結界、防衛機構的巨型魔術工房的中心部，死亡的使者沒觸發任何系統便進入了其中。

「無須恐懼。」

那是一道彷彿響徹了整個房間，卻只有迦瓦羅薩聽得見的奇妙聲音。雖是單純的話語，也因此迅速響徹陷入混亂的感情。

「……啊啊，真的可以嗎？即使是像我這樣的男人……」

從已經看不見任何事物的「魔眼」中流出淚水的男人說道。黑暗僅是以充滿慈愛的黑暗，包覆住男人的生命。

「裁決之理非我所有，亦非屬汝。僅將一切委付於夜吧。」

不知何時，黑暗呈現成人形。將手擱置男人頭上的同時，淡然的聲音也隨之響起。

「在熟睡的彼側，安詳地甦醒吧。」

接著，當黑暗不知何時從房間裡消失後，只剩下一名似乎帶著安心的表情闔上眼，再也不需要呼吸的老人了。

憧憬著魔術。

就因為這種孩子氣的理由，這個男人就在魔術社會、美國的陰影中遊走完了一生。對他而言，這也許可說是過於安詳的結局。

×　　×

現在　史諾菲爾德　肉類食品工廠

由於巨大機械裝置的英靈與阿爾喀德斯的一戰，肉類食品工廠呈現毀壞的狀態。

但是藉由法蘭索瓦．普列拉提的寶具協助，外表正在復原當中。

在歪斜扭曲的空間內，阿爾喀德斯的主人，魔術師——巴茲迪洛．柯狄里翁將「一開始就沒有毀壞的要素」收集起來，在工廠裡又重新搭建了簡便的工房。

巴茲迪洛用擺在一邊的魔術通訊器，正在與某個地方進行聯絡。他的部下——史夸堤奧的魔術師們正遠遠地圍觀著他，一邊竊竊私語。

「喂……巴茲迪洛先生都在什麼時候睡覺啊？」

「你不知道？那個人與眾不同喔。他一天好像只要能睡上幾秒，就能毫無障礙地活動呢。」

「……真的假的？如果是靠魔術撐著幾天不睡覺，我還能理解……」

「還不只這樣，連飯都只吃最低限度呢。甚至有傳聞說他曾經整整三十天不吃不喝，把在雪山深處搭建工房的敵對魔術師逼到窮途末路後收拾掉耶！」

小聲聊著這些事的魔術師們，看向正在進行作業、眼神恐怖的上司。

「幸好那個人是自己人啊……面對那麼恐怖的什麼英靈玩意兒的敵人，一步也不退縮耶。」

「是啊，雖然不知道其他人都是怎樣的魔術師，但根本無法想像他輸掉的樣子。」

這些人在魔術師、使用魔術的人當中也相當於異端，在家族中的地位也不怎麼高。

但是，一道與那些人不同，顯得穩重的壯年男性聲音，在工廠內靜靜地響起。

「不對……巴茲迪洛先生也並非無敵。他本人也沒有刻意隱瞞，但是他已經嚐過好幾次敗績。」

那名男人，是巴茲迪洛的部下裡資歷最久的。

他是代替被敵對魔術師替換的部下補充進來的成員。在史夸堤奧家族中，屬於地位相當高的魔術師——即使如此，與巴茲迪洛比較的話，還是非常遜色。

這樣老練的魔術師，對年輕小弟述說起巴茲迪洛的往事。

「曾對上聖堂教會的代行者被打到瀕死，也被叫做獅子劫的自由魔術師先發制人打敗過，還遭到達家族的馬加洛剜掉半邊肺臟，甚至被僧侶戴格拉燒掉大半的魔術迴路。和瑪布爾商會那個叫伍的人交手時，好像是平手吧……說起來，他來到我們家族以前，和施蓬海姆修道院這個在鐘塔也很有名的組織為敵時，都做好會死的覺悟了呢。」

「真、真的啊？」

「那個人的可怕之處是即使有過這些遭遇，仍然沒有一絲挫折。就連腐蝕他的內臟，在他面前摘掉戀人的腦袋，眉頭也沒皺過一下。至於那個摘掉腦袋的傢伙……本來是想趁他動搖時施展魔術吧，可惜期望落空了。」

魔術師一邊點燃香菸，一邊淡然地描述。周圍的部下聽得不禁嚥了口水，然後問道：

「……那名魔術師，結果怎麼樣了？」

「一樣啊。和其他同夥的下場一樣，被塞進那座機械做成魔力結晶了而已。不過，他似乎比其他人哭喊得更悽慘就是了。」

男人看向設置在一旁的巨大機械。那是由一名叫做亞托拉姆・葛列斯塔的魔術師所開發，能夠將人類的生命力轉換成魔力結晶的設備。在先前與巨大英靈的戰鬥中毀損，目前是無法啟動的狀態。

話雖如此，足以讓阿爾喀德斯在聖杯戰爭期間中使出全力的結晶量，早就已經儲備充分，所以沒有大礙。

「總之，那個人是將自己的生命與家人，全都奉獻給大老闆迦瓦羅薩・史夸堤奧了……他又哭又叫的樣子，我真的從未見……」

淡然說著的男人——忽然沒再繼續說下去。

因為他注意到一直在工房進行通訊作業的巴茲迪洛，不知何時離座，往肉類食品工廠深處的倉庫走了過去。

「巴茲迪洛先生……他怎麼了？」

魔術師們紛紛疑惑，是不是要去倉庫做什麼事？但因為沒收到任何指示，決定還是留在原地待命。

接著，過了一會兒——

巴茲迪洛的身影，從大門敞開的倉庫走了出來。

然後，當魔術師部下們看到他的樣子，不禁瞠目結舌。

因為他的右手還帶著某件樂器。

當然，如果只是平凡無奇的樂器，他們不會那麼吃驚。

不對，就算那是用人皮製成的三味線，還是不會那麼驚訝吧。

問題出在那件樂器的種類。

巴茲迪洛抓著的樂器是——比他的身體還要巨大的「平臺鋼琴」。

「……」

思緒跟不上狀況，滿頭霧水的魔術師們陷入沉默。

——？

——啊，呃……鋼琴？……咦？

黑色固體乍看是被拖著移動，但巴茲迪洛確實只憑單手的臂力，就將它抬離了地面。是用了強化魔術或者支配系的魔術，調整過自己的身體嗎？

巴茲迪洛用與體格不符，超出人類範疇的怪力做出「搬鋼琴」這種詭異行動的樣子，讓魔術師們無法跟上狀況，而且越想掌握就越陷入混亂。

他就這麼繼續邁步，往用來讓工廠看來有模有樣而建造的巨大冷凍庫走過去。

「巴、巴茲迪洛先生！您是怎麼了啊？那、那台鋼琴……」

這些人很清楚為什麼倉庫裡會擺著鋼琴。

他們確實知道鋼琴演奏是巴茲迪洛的才華之一，但是誰都不明白為什麼他要搬台鋼琴來史諾菲爾德這種地方。

說起來，把鋼琴搬進冷凍庫，只會讓鋼琴的壽命明顯減少。

要是讓調音師和鋼琴家看到，八成會昏倒吧。

……諸如此類偏離重點的擔憂，顯示出魔術師們有多麼混亂。

就在他們心想，那個會不會只有外表像鋼琴，其實是某種魔術禮裝的時候，巴茲迪洛面無表情地開口說道：

「Ｍｒ．史夸堤奧……迦羅瓦薩首領似乎與世長辭了。」

「──……咦？」

彷彿時間停止流動般，魔術師們的大腦一片空白。

將那些思緒跟不上的魔術師們擱著不管的巴茲迪洛，打開冷凍庫大門，走進像是樹林一般吊放著並排的肢解牛肉的空間中，消失身影。

大門關上後，冷凍庫遭到黑暗封閉。

這個由瘦肉與脂肪交織的紅白色世界，被擺在中央的異物──漆黑鋼琴的「黑色」所侵蝕。調和了陰森氣氛，如網球場般寬敞的冷凍儲藏庫就宛如藝術作品，

位於中央的巴茲迪洛，面無表情地將手指擺在琴鍵上，一動也不動。

臉頰周圍沒有流露一絲白色的吐息，彷彿連呼吸都停止了。

沉默與寂寥的重合交疊，讓凍結的空氣更增銳利，往魔術師的肌膚刺入。

巴茲迪洛彷彿連時間都凍結一樣地靜止不動，約莫一分鐘後——

維持著屏氣凝神的他，手指輕輕地開始滑動。

「喂，他說首領死掉了，到底是……」

「等等。」

在冷凍庫外不安地等待的部下中，有人做出「安靜」的手勢，仔細聆聽著。

然後——他聽見從冷凍庫大門的裡頭，傳出輕柔的鋼琴旋律聲。

美麗而夢幻的旋律，讓這些不斷困惑的男人們的心，彷彿清流的水面般穩定下來。

「這是……安魂曲（Requiem）的……〈流淚之日（Lacrimosa）〉……？」

資歷最久的男人喃喃說道。

這是偉大的作曲家——沃夫岡·阿瑪迪斯·莫札特——在晚年譜出，死後由徒弟繼承後加以完成，一套壯大的「鎮魂歌」。

這段旋律，是其中一段樂章〈Lacrimosa〉的旋律。

受到這段充滿悲傷，卻又蘊含慈愛的鋼琴迴響囚住心靈的人們，這時才終於能從巴茲迪洛的話語中，理解到「迦羅瓦薩已死」這個含意，並且接受。

不得不接受這個事實。

「這是……巴茲迪洛先生為首領彈的……」

底層成員中的一人淚流滿面，繼續聆聽著從冷凍庫流瀉而出的那場演奏。

迦瓦羅薩不久於世的事情已經流傳許久。這台鋼琴，就是巴茲迪洛為了隨時能在接獲訃告時彈奏安魂曲，才帶來史諾菲爾德的吧。

懷著這份覺悟，表情絲毫未變地向首領表達悼念的巴茲迪洛的模樣，讓男人們在心中對他深表敬意的同時，靜靜地將這首演奏融入自己的靈魂當中。

雖然是其他人看了都會覺得「不，就算如此，鋼琴是能帶著走的東西嗎？」而感到疑惑的光景，但是現在，巴茲迪洛的部下不會在意那種事。

他們只會重新接受自己的上司──巴茲迪洛這個人，是個多麼超乎規格的男人。

──不過──

──為什麼要刻意在冷凍庫裡彈奏鋼琴呢？

當這個疑問再次浮上腦海時，演奏迎來了結束。

又經過短暫的沉默後，冷凍庫的大門敞開了。

「巴茲迪洛先生！」

幾個人想要跑到他身邊問些詳細，但是——

「您說首領已經死了，到底是什麼時……」

他們頓時語塞。

不僅是說不出話而已。

男人們彷彿時間凍結一樣全身僵住，無法說出任何隻字片言。

現在的巴茲迪洛，不是能與他說話的狀況。

他的臉色一如往常那樣，像機械般毫無表情，充滿殺意。

只是，與他的反應完全相反——巨大冷凍庫之中，已經「化成紅黑色的地獄」了。

紅與黑。

冷凍庫內的空間，已經完全受到那兩個顏色所支配。

原先吊著的數十頭牛分量的肉塊，已經全都彈離了吊鉤。

有的肉塊撞上牆壁後落地，像是真皮地毯般地攤開。有的肉塊甚至連著骨頭一起化成碎屑，好像絞肉般地散落地板。

地上到處可見腐爛的碎肉形成的血灘，其他地方還有甚至被烤到炭化了的肉塊。

紅黑色的汙泥在那些遭到破壞，境遇不同的肉之間蠢動，就像在大啖一頓並非當作食材，而是「牛的屍體」的蛆蟲一般。

「咿！」

一名部下嚇得跌坐在地。

即使微不足道，這些人的身分仍然是魔術師，或者使用魔術之人。

單憑這個景象，理應不足為懼才對。

但是，就好像有個小孩在竭盡全力地耍性子一樣，從冷凍庫中流瀉出混合著殺意與敵意般誇張的無窮魔力，接觸到這些魔力的部下都不禁發出慘叫。

他們打從內心覺得可怕。

對自己的上司——巴茲迪洛．柯狄里翁這個男人感到恐懼。

能夠一邊彈奏出那麼美麗的旋律，一邊引起同等於慘禍的魔力失控——而且讓這一切只在冷凍庫發生並結束，顯示出其「理性的異常性」。

瞥了癱坐在地的部下一眼後，巴茲迪洛與進去冷凍庫前一樣面無表情，他回頭看了看冷凍儲藏室，說道：

「……不小心弄髒鋼琴了呢。」

在鋼琴腳的部分，黏了一些飛濺上去的牛肉屑。

紅黑色的「汙泥」漂亮地避開了鋼琴，彷彿鋼琴所在之處鋪設著結界一樣。

下一瞬間——那台鋼琴瞬間沉入汙泥之海，完全地消失蹤影。

巴茲迪洛就這樣關上冷凍庫大門，若無其事地往自己工房所在的中心處邁步前進。

然後，一直靈體化到現在的使役者顯現出身影，代替那些仍然嚇得動彈不得的部下開口說道：

「有些意外呢。」

「……什麼事？」

「原來你學過奏樂。」

毫不提及剛才巴茲迪洛的感情表現，阿爾喀德斯僅是表達出「沒想到你會彈鋼琴」的話語。

對如此說道的復仇者，巴茲迪洛只是淡然地回應：

「為了調整精神，我曾經修練過……Ｍｒ．史夸提奧有次剛好聽到我彈，就很中意而已。」

停頓了片刻，他連剛才彈奏的理由也說了出來。

「我和他約定過了……當這一刻到來，要為他彈首鎮魂歌。」

巴茲迪洛重新轉向阿爾喀德斯，反過來問道：

「你的肉體似乎恢復了呢。昨晚看你好像傷得很嚴重。」

「沒問題了。雖然受到那些傷害後，又遭到亞馬遜人女王的追擊時，是有些棘手沒錯。」

阿爾喀德斯是參與了昨天在醫院前大馬路的戰鬥的成員中，目前於史諾菲爾德內尚存蹤跡的少數存在者之一。

昨晚，當醫院溢出的「黑色煙霧」正要覆蓋阿爾喀德斯的瞬間——他使用寶具「十二榮耀（Kings Order）」力量之一召喚四匹「狄俄墨得斯妖馬」，留下其中三匹當作誘餌，騎著剩下的一匹成功衝出逃離了現場。

但是，覬覦這個時機已久的騎兵——亞馬遜人女王希波呂忒趁機現身攻擊，遇襲的阿爾喀德斯因此負傷。

但是現在的阿爾喀德斯身上，完全看不到那時受到的損傷，就連遭到九頭蛇毒短劍刺入、潰爛的側腹傷口，也已經消失得不留一絲傷痕。

從狂戰士手上奪來，體內的「惡魔」之力現在也已經平復。乍看之下，阿爾喀德斯表面上與受到召喚、剛被變質過後的他沒什麼兩樣。

但是，暗藏其中的事實——巴茲迪洛淡然地詢問阿爾喀德斯一件事。

「回答我，還『撐得住幾天』？」

聽完，阿爾喀德斯也非常乾脆地回應巴茲迪洛。

「還能保持理性三到四天吧。」

「是嗎？這樣一來，對那些冒牌貨占據的優勢就消失了啊……不對，考慮到就算你被瘋狂吞噬了理智，也還不會消滅的這一點，目前還是對我們有利吧。」

阿爾喀德斯的確中了九頭蛇毒的毒效。

而且，是惡泥反過來又吞噬了那些毒，才防止肉體發生崩毀。

但是——那些導致自己走上絕路，甚至間接逼迫第三個妻子自殺的「死毒」，的確已經存在於他的身體中。

即使如此，在「十二榮耀（Kings Order）」發揮力量的影響下，他的肉體並沒有遭到毒的侵襲。

從中引出的力量，是他在得到「厄律曼托斯山野豬」的時候所奪得的力量。

但是，並不是野豬本身的力量。

因為在那場行軍中，他搏倒、奪得的最大獵物並不是那頭野豬。

是阿爾喀德斯在生前的困難修業中，從恩師凱隆身上奪來的能力。

就是他原本具備的「不死性」，別無其他。

獲賜不死之力的半人馬凱隆，在阿爾喀德斯的誤射下，身體遭到九頭蛇毒的侵入。

承受不住肉體的激烈疼痛，以及內心飽受折磨的凱隆，最後將自己的不死性轉讓普羅米修斯後死去了。

因此，阿爾喀德斯雖然失去原本的靈基所具備的十二條替代生命，但是唯獨「轉讓普羅米修斯前的不死性」化為寶具之一，以唯一一條替代壽命的形式棲於阿爾喀德斯的體內。

但是發動這項寶具，就意謂阿爾喀德斯的「體內將棲宿凱隆承受過的痛苦」。

現在也絲毫不間斷的痛苦——也正是連生前的自己都選擇一死的痛苦煎熬著阿爾喀德斯，但是在「汙泥」的影響下，那些痛苦更轉變成了力量，維持著如同互相抵消的狀態。

「你會後悔嗎？殺死自己的恩師。」

「……若是順從委身於復仇的我的心情來回答，我會為自己在當時做出能讓恩師從『不死』的神之惡咒中解脫一事，直率地感到開心吧。」

巧妙地回答拐彎抹角的答案後，阿爾喀德斯繼續說道：

「……現在是泥占據優勢。但是，此毒乃我的死亡象徵。雖然侵蝕的並非靈基的肉體，但是毒害正極為緩慢、確實地侵襲我精神的根幹。」

然而，他的語調顯得對其毫無畏懼。

雖然有「汙泥」緩和程度，但這種一般的毒所不能比的痛苦，仍然會毫無間斷地在他全身流竄才對，但是阿爾喀德斯靠著自己的復仇心強忍住痛苦，讓精神維持在與平常一樣的狀態。

不過，這種做法能通用的期限，就是他剛才告訴主人的日數。

「足夠了。只要能在你結束前先得到聖杯就好。」

阿爾喀德斯遮掩在布料底下的表情，在聽到巴茲迪洛的話語後略顯疑惑。

「……我以為你對聖杯本身毫無興趣，難道不是？」

「要是我主純粹是安享天年離開的話，的確會是如此吧。」

接著，巴茲迪洛稍微地瞇了眼。

對平常不會表露感情的他而言，聲音中罕見地流露了接近憎惡與殺意的感情。

「……但是家族裡的部分魔術師，做了多餘的事情啊……他們將我主的人格，覆蓋到好幾個陌生人的腦袋上。不過……那些『替身』也全都死了，而且死因各有不同。」

「哦……」

「這表示，這並非由魔術的副作用引起的連鎖死亡，肯定是有人介入了這件事。能在這種節骨眼辦到這種事的組織，可想而知。」

接著，巴茲迪洛一邊用超乎常人的精神力，壓制住吃下自身憎惡而成長的「汙泥」，一邊祝禱似的向自己的英靈宣言道：

「等聖杯到手後，你就儘管展現它的力量吧。徹底破壞、蹂躪這個國家——然後取回你捨棄的名字，昭告天下。當世界的常識完全顛覆，殺盡神祕後，你的名諱……『海克力士(女神的榮耀)』之名將會在人理之中落地，連同女神(希拉)之名一同滅絕吧。」

「……用不著你來說。」

這天的這個瞬間——一個對美國而言是壞事的可能性誕生了。

若這場戰爭在最後是由巴茲迪洛得到聖杯——他將會利用聖杯的力量，對國家展開復仇吧。

也就是說，灌注了聖杯之力的阿爾喀德斯的力量，將被他當作用來實現自身願望的「祭品」。

法迪烏斯犯下的錯誤，僅僅一件。

那就是錯看了巴茲迪洛．柯狄里翁，以為他是冷酷無情的魔術師——

他以為巴茲迪洛這個人，是一名會將隱蔽魔術奉為最優先事項的道地魔術師，或者只是一介會使用魔術的人，但這項預測完全錯誤。

他甚至以為，一度成為巨大組織裡的齒輪的魔術師，當該組織失去司令塔後，魔術師就會為了達成自己的願望，跑去投靠對自己最為有利的組織。

當然，計劃要連巴茲迪洛一起殺死的法迪烏斯，原本就是想趁他有這種舉動的瞬間收拾掉他。

然而——正因為法迪烏斯是魔術師，才會錯判了狀況。

如他料想的一樣，史夸堤奧家族的魔術師們，幾乎都是為了利用史夸堤奧讓自己的研究有所進展的人、尋找能獨自抵達根源的辦法的人，或者是與這些人相反，只想以使用魔術的傭兵身分在最適合的地方落腳的人。

但是包含巴茲迪洛在內，剩下的人並非如此。

有非常少數，思考方式不像魔術師——但是仍然以與常人不同的道理來行動的人也在其中。

巴茲迪洛．柯狄里翁正是在那些人之中，與史夸堤奧家族格外地根深柢固的存在。

只是，從他的氣質難以令人明白到這件事——在他心中，家族的地位已經超越抵達根源這個目的。他已經不是魔術師，而是成為另一種人了。

巴茲迪洛不是魔術師。

不是區區會使用魔術的人。

更不是聖職人。

他的靈魂早已紮根於史夸堤奧家族，成為了共同體。

紮得既深，而且盤根錯節。

那正是——身為魔術師的法迪烏斯無法明白，也不可能理解其內心本性的複雜。

現在的法迪烏斯，還不知道這件事實。

×

×

在？？？？？

回過神來時，沙條綾香發現注意力凝視於遠方的景色中。

綾香很快地把握了現況。與上次一樣，這個視點是劍兵所見的景象。自己正處於劍兵的「過去」。

明明意識清晰，身體卻會自作主張地亂動。

綾香還記得上一次的情形——劍兵與騎士同伴們一同在荒野間奔馳，並且遇到自稱聖日耳曼的奇怪男人的景象。但是——

這次的樣子，與那時候相差甚遠。

現在處於古風的石造城堡中，環繞四周的是富麗堂皇的裝飾品。

但是，從桌子等等的物品在視線中的高度，以及偶爾能見的自己手掌的大小來判斷，綾香確信這是「小孩子的視點」。

——……

——是那傢伙的……是劍兵的幼童時代……嗎？

無法憑自身意志使喚的身體，看來正在演奏某種樂器。

不懂音樂的綾香聽了也明白，這段旋律非常動聽。

明明是單人彈奏，卻優美得難以想像是奏自幼童之手的聲音，藉由石牆的反射成為了彷彿樂團合奏般的豐潤音色，滲透綾香的耳朵。

——啊啊，我知道他似乎對樂器很拿手……原來從小就很行嗎……

聽過劍兵在展演廳即興演奏的綾香，如此心想——隨著演奏結束的同時，視野裡的大人們紛紛對他讚不絕口。

「哎呀～不愧是理查王子，真有一套！沒想到……短短期間就能彈得那麼好……」

「而且不只樂器，藝術與武術也是出類拔萃。」

「聽說上次還靠劍技打敗了王妃的親衛兵呢。」

「不愧是人稱『無與倫比的婦人』艾莉諾王妃的兒子呢。」

眼前這些打扮頗有年代感的男人，紛紛讚不絕口地闡述美言。

但是，綾香明白了。

不小心理解了。

看得出在這些讚譽美言之中，隱藏著對這名王子的恐懼以及嫉妒之情。

而且，從矮小年幼的劍兵本身的視線與舉動來看，綾香感覺得到他其實沒有很高興。

過了一陣子，少年回到自己的房間。迎接他的是一名美麗的女性。

「理查，你怎麼了？怎麼一臉不高興呢。」

聽聞這句話，年幼的理查首次發出的聲音，繚繞於綾香的耳中。

「……母親大人。」

──咦？

──這位漂亮的女士……

──她該不會就是劍兵的媽媽……？

莊嚴──與這個詞彙多麼相襯的女性。

即使身處奢華的城堡內，其存在仍不受周圍所吞沒。不如說，就算要說這座城堡以及所有的士兵一切，都是為了守護她、襯托她才存在的，也不會言過其實。這名女性的存在感就是如此突出。

正當綾香覺得「會在故事中出現的女王，應該就是這種人吧」的時候，這名甚至可謂是由美麗古都擬人化而成的女性，臉上露出充滿母愛的笑容，向小王子說道：

「告訴我你怎麼了，理查。媽媽不會毫無條件地幫助你。但是，也不會對你的話一笑置之。」

聽聞，年幼的理查稍微猶豫一會兒後，向自己的母親坦言道：

「……母親大人，我好害怕。」

「害怕？害怕什麼呢？」

「我……『我什麼都做得到』。什麼都不知不覺就能做得很順利。」

——……啥？

——還真敢說耶。

——不過，仔細想想……

——不對不對，還是說得太誇張啦！

綾香在心中吐嘈了兩次，但是當然不會傳達給劍兵。

「我學到的劍術，如今城堡裡已經沒有人贏得了我。我以為他們是顧慮到我是王子才手下留情，但是我溜出城去襲擊那些以自傲武勇的盜賊時，也是輕輕鬆鬆就打敗他們了。」

「……」

——這孩子在搞什麼呀！

——根本是傻瓜吧！

——呃，是很有劍兵的作風沒錯啦！

「音樂也是那樣。不管是怎樣的樂器，我只要學過一遍就能立刻用得很順手。包括弓術、繪畫、徒手摔角、狩獵、釣魚、長槍術、馬術、沙特蘭茲（波斯象棋），以及九子直棋也是。不管是什麼事，只要我一開始學，很快就能得心應手。比輸贏也是，每個人都很快就贏不了我了！」

「哎呀呀。」

「每個人都用嫉妒的眼光在看我，再這樣下去我會交不到朋友。我明明想和大家相處融洽，也想讓他們真心仰慕我，我到底該怎麼做呢？是不是要放點水，做什麼事情都假裝做得很爛比較好？」

——哇，要不是他是小孩，真想從背後踹倒他。

……不過，連平常的劍兵都不會說出這種話啊……

——這就是成長嗎……呃，但我也覺得他沒什麼改變耶……

綾香愣愣地思考，但是想起剛才那些大人們交雜嫉妒與畏懼的眼神，又對年幼的理查興起一絲同情。

——唉……一直被投注那種眼神，也難怪會思想扭曲吧……

但是——聽完年幼理查述說的話語的母親，愉悅地輕輕笑著。

「母親大人，您不是說過不會嘲笑我嗎？」

母親告訴有些鬧彆扭的理查：

「沒有啊。我說的是『不會一笑置之』。我雖然笑了，但是不會將你話語中蘊含的意思還有心情都置之不理。」

接著，像是王妃的女性輕撫理查的臉頰說道：

「聽好了，理查。你的確是天才沒錯。」

——說得斬釘截鐵……

綾香感到驚訝，而理查的母親一邊微笑，一邊告訴兒子：

「不過，『也就如此而已』。你知道身為天才這件事，其中蘊含什麼意義嗎？」

「咦……？」

「你只是做得到很多事而已，並不是你做到了什麼偉業。『十項全能』與『留下什麼』是完全不同的兩回事喔。」

母親在安撫著兒子理查的同時，也將他視為一名大人對待，將自己的話語刻劃於他的心裡，融入靈魂當中。

「在你對城市的盜匪盡情使用、誇示自己的能力之前，你應該先為那些受到盜匪欺凌的人們之哀傷感到難過，並且思考與他們一同克服難關的辦法。你擊倒的那些盜匪，也是迫於環境使然而誕生——所以，你該為這個國家的現況感到愧疚。我也會與你一起承擔這份心情。」

然後，母親抱住兒子的身體繼續說下去：

「理查，僅只是身為天才之人是無法成為英雄的喔。反過來說，就算是沒有任何才能的人，只要一路貫徹自己的信念，就能成為英雄。」

「成為……英雄？」

「沒錯，成為像那位亞瑟王、圓桌騎士，或者是查理大帝的聖騎士那樣的英雄。就像人稱圓桌騎士中最沒才能的凱卿，正因為他貫徹信念，才能成為扶持圓桌騎士的英雄。他們是如何打造出這片土地，如何在人民心中奠下基礎，你都必須了解透徹。理查，如果你真的『無所不能』，就要比任何人更重視『傳述』這項才能。」

然後她開始述說故事。

將亞瑟王與圓桌騎士們的故事傳述給理查。

從蘭斯洛特、高文、崔斯坦、加拉哈德、珀西瓦里、加瑞斯、亞格拉賓——到最後一名受世人傳頌為叛逆騎士的莫德雷德。母親用彷彿親眼見過般的口吻不停地傳述每個人的故事。

或許是途中講得太起勁，對這些人的故事一無所知的綾香，本來想乾脆當作神話故事聽聽而已，結果故事發展得都讓她覺得「加油添醋過頭了吧」。最後，當故事講到「於是亞瑟王的聖劍便開天闢地，這就是世界的起源。然後，得知卑王沃蒂根企圖把月亮打落到倫敦的亞瑟王，用力將梅林扔出去撞回月亮。蘭斯洛特為了保護湖泊，用一根稻草力阻五十億的皮克特人大軍……」

這樣亂七八糟的地方時，理查已經一臉安詳地在打瞌睡了。

就在連綾香的視線也逐漸開始朦朧，視野裡的母親溫柔地凝望聽著故事的兒子的臉龐——並輕輕撫摸他的臉頰說道：

「呵呵，沃蒂根怎麼也不可能打落月亮啊，這個故事是我編的喔……好了，快醒醒。」

「嗚……母親大人……？貝德維爾卿後來怎麼樣了……？」

「早安，可愛的理查。後續的故事下次再講給你聽吧。」

然後，母親的慈祥氛圍忽然有了一絲改變。

「在那之前，理查。媽媽有必要讓你見識一下活生生的地獄才行。」

「咦？」

「因為你擅自溜出城去打盜匪……身為母親，媽媽必須處罰你啊。」

臉上浮現著和藹可親微笑的偉大母親，揮下特大號的雷劈——

與此同時，綾香的意識也被拋進了黑暗當中。

×

×

「……香……綾香，妳還好吧？」

一道聲音在綾香耳邊響起。是平常的理查，不是幼童的他。

「嗯……？」

綾香一清醒，就注意到自己待在教會裡。

見到眼前早已起身的劍兵，綾香想起作夢前的狀況，自己也用力地站了起來。

「你……！傷勢呢！要不要緊？」

「喔，雖然還沒有完全恢復，但能行動了。畢竟已經過了半天以上呢。不過，要是那名金色弓兵的攻擊是會連同靈基一併侵蝕的類型，或者攻擊中帶有毒性的話，那就真的慘了……」

「這樣啊……太好了……」

綾香放心地鬆了口氣。

面對這樣的綾香，劍兵稍微避開了綾香的視線後，做好覺悟低頭說道：

「抱歉！我為了對『同伴』使用治癒魔術，向綾香妳借用了大部分的魔力。妳會睡到快接近下午，想必是這件事害的吧，對不起。」

雖然劍兵說得充滿歉意，但是綾香一邊緊緊握住他的手臂，一邊生氣地說道：
「那種事情隨便啦！我不是為了那種事在氣你！」
「咦？啊，那麼是氣我誇下海口結果卻打輸嗎？這件事的確……」
「笨蛋！也不是那件事！那些我才不管！」
看到劍兵面露困惑，綾香對他擠出與其說是動怒，倒不如說是懊悔的話語：
「你……把我安置在教會，是盤算著你自己死掉時，我也可以直接得到保護對吧……？因為在聖杯戰爭中輸掉的主人，可以向監督官尋求庇護……」
「這……嗯，我認為這樣安排對妳比較好。」
「既然你有閒功夫顧慮我，就多珍惜自己一點啦……你這樣根本是在自虐啊。就算我是國王還是女王都會告訴你同樣的話。劍兵！你要更珍惜自己！啊啊，討厭！明明還有好多好多想告訴你的事情，我卻沒辦法好好一言一語地說出來……還有……就是……謝謝你。我又再次受你保護了……」
綾香也早就明白了。
當時金色英靈往教會屋頂放出的攻擊，只要劍兵想躲，他是躲得開的。
但是他一躲開就會導致教會被消滅，身處其中的綾香因此而死的可能性非常高。
「……抱歉，我又讓妳操心了呢。本來我應該引開那個英靈，離教會遠遠的才對。但是不用接近偷襲的方式速攻擊斃他，我絕對贏不了吧……不對，結果我還是輸了，如今說這些都只是藉口罷了。」

劍兵困擾地說道，大嘆一口氣後仰望天花板。

「那名金色英靈完全看透我了。或許不是我沒有認真面對這場戰爭……而是因為我尚未找到想懇求聖杯的願望吧。」

雖然半開玩笑地說過「要帶許多歌曲與英雄譚回到英靈之座」，但是就算沒有聖杯，那種夢想還是可以實現。

「只是，萬一我有了真心想祈求的願望……那個時候，我真的會把妳捲入『戰爭』裡。那並非我的本意。」

「我早就已經被捲進來了啦。剛才也是啊，跟著教會一起被轟飛……」

說到一半，綾香才察覺到不對勁。

劍兵仰望著的天花板，的確是屬於教會的一部分。

應該在金色英靈的攻擊下崩塌了的教會，不正完好無缺地在這裡嗎？

「騙人……這是怎麼回事？劍兵，這也是你用的魔術……？」

「很可惜，要是我辦得到那種事，我早就把一開始打壞的歌劇院修好了。就算是我，還是有辦不到的事情啊。」

劍兵自嘲似的說道。心情總算穩定的綾香又大嘆了一口氣——然後一邊調整眼鏡的位置，一邊掩飾害羞似的說出那句話語：

「……你明明說過『母親大人，我什麼都做得到』……這種話耶。」

劍兵聽完，當場全身一僵。

然後他一邊直冒冷汗，一邊以不自然的笑容問綾香：

「妳……看到啦？」

綾香說的，是她藉由魔力的連繫所見到的自己的「過去」，明白這件事的理查渾身發抖地說道。

然後，覺得自己「不小心說溜嘴」的綾香，也在避開劍兵視線的同時肯定了這件事。

「……算是吧……你媽媽很美麗呢。」

然後有好一段時間，劍兵都滿臉通紅地在教會地板上翻來覆去地打滾。

「……到了現在，你還會覺得自己無所不能嗎？」

當劍兵冷靜下來後，綾香別無他意地詢問這個問題。

因為綾香沒有揶揄他的意思，而且表情很認真，所以理查也正經地回答：

「我並沒有那麼幼稚。不過，大部分的事情我都有自信能做到駕輕就熟。這種性質應該是刻劃在英靈之座上了吧。」

「嗯……實際上，你的確很像無所不能呢。除了不懂察言觀色，好像沒有你不擅長的事。」

「這就言過其實了。生前的我還是有辦不到的事情。雖然現在能靠英靈之座賦予的知識辦到，但是……」

「什麼事情是你辦不到的啊？」

綾香好奇地問道。理查猶豫了一會兒後，別過視線地回答：

「……英文。」

「咦？」

「我啊……雖然精通法文、義大利文、波斯文……但就是不擅長英文……明明我是英格蘭國王耶。」

理查尷尬地說著，綾香愣了一會兒後——

大概是緊張的思緒突然放鬆了吧，她傻眼似的笑了。

「嘲笑別人不擅長的事情可不好喔，綾香。」

「抱歉。但是，因為……你明明那麼自信滿滿地說過『我什麼都做得到』耶……」

綾香深呼吸一口氣，一邊擦拭眼鏡底下的淚水一邊看著劍兵。

「……能活著真是太好了，劍兵。謝謝你。」

「嗯，彼此彼此啦。」

看到綾香露出笑容後，劍兵好像滿意了，大聲說道：

「好啦！心情切換好了！連丟臉的過去都被知道的我，已經沒有能失去的東西了！下次一定要打贏那個金色的傢伙！不管綾香發什麼牢騷，我都會保護綾香！畢竟，我可是什麼都做得到的男人！」

綾香明白了。

劍兵並沒有在逞強，他的內心真的沒有受到一絲挫折。

不但被對手揭露懸殊的實力差距，而且差一點就沒命——即使如此，理查的心靈完全沒有受傷破損。

綾香羨慕似的看著劍兵，但是這個氣氛卻被外面進來的來訪者打散了。

「……兩位是劍兵，還有沙條綾香對吧？」

教會的大門敞開，門邊佇立著數名警察。

他們是原本在醫院與教會之間的大馬路上，與另一名弓兵戰鬥的警察們。

「哦！你們也平安無事啊？和那名外表嚇人的弓兵交手還能活下來，表示你們也很有本事呢，真厲害！」

劍兵坦率地讚美警察們，疑似其中心人物的女警向他說道：

「……能請兩位與我們同行嗎？」

「是警察……！」

緊張的氣氛中，綾香喃喃說道。

只有劍兵好像想起什麼事一樣，他一邊仰望天花板，一邊聳肩說道：

「這麼說來，我和綾香還是逃出拘留所的逃犯呢。」

不過女警只是靜靜地搖頭，隨即向劍兵提出談判。

「別誤會，我們現在無意問罪兩位，而是想與你們暫時組成共同戰線。」

「聯手啊？敵人是誰？雖然最後金色的弓兵好像從天上掉了下來……他怎麼樣了？還是說，敵人是我失去意識前聽到的奇怪叫聲的主人？」

劍兵像個孩子一樣興致勃勃地問道，女警只是淡然地、面無表情地告訴他事實。

「現在的我們，恐怕都被類似固有結界的『世界』隔離了。」

「隔離？」

「雖然城市裡看得到人民，但是每個人的精神好像都被什麼囚禁著。警察局與市公所都沒有人在，即使可以離開城市範圍，但是一前進到某個程度，前方道路就會再連繫回這座城市。雖然可以推測是空間產生了扭曲，但也無法斷言絕對沒錯。」

之後，女警又告訴劍兵兩人他們見到的狀況。

在自稱貝菈的女警身旁，有一名垂著毀壞義肢的警察。看來他們已經完全包圍了教會四周。

「我們一直在尋找身陷同樣狀況的主人以及使役者。想請你們也加入我們的共同戰線。」

「世界？隔離……你們在說什麼？」

理查為心存疑惑的綾香解釋道：

「……就是類似固有結界的東西吧。嗯，那是由魔術師或魔物所製造，類似冒牌世界的產物。不過在我聽來，總覺得和固有結界有點不太一樣呢……妳已經決定脫出這個『世界』的目標物了嗎？」

聽到劍兵的詢問，貝菈一瞬間稍微低下了頭，然後說道：

「這個『世界』的根源，不是魔術師就是英靈……」

「我們正在思考，是不是有必要誅殺那個根源。」

幕間

「傭兵、刺客、●●●●」

「……」

西格瑪一醒過來，就發現自己倒在某處民宅的中庭內。

「……出了什麼事？」

雖然覺得困惑，西格瑪還是自然地檢查過身上的裝備，並環伺周圍的狀況。

至少從醫院不在周圍，又可見聳立在遠方市中心的賭場大樓來看，西格瑪判斷這裡應該是離那個地方非常遠的某個住宅區。

西格瑪的視線一落往地面，就看到刺客少女正躺在草皮上。

她的頭底下擺了類似枕頭的物品，身上還蓋著一條薄毛毯。

再看看自己，西格瑪發現身上也一樣蓋著毛毯，原本頭躺著的位置擺著的並不是枕頭，而是一塊小座墊。

——是什麼人……讓我睡在這裡的嗎？

刺客看起來沒有受傷。西格瑪接近觀察，確認她還有呼吸。

——我聽說以暫時性肉體顯現的英靈，基本上不需要睡眠才對……

既然如此，她現在會睡著應該是由於外在的原因，才導致靈基進入了睡眠狀態吧。

是那個吸血種做的嗎？

西格瑪這麼認為。但若是如此，自己不可能還活著。

「嗚……」

刺客少女似乎恢復了意識，一身黑衣的她在嫩綠色的草皮上坐了起來。

「這裡是……怎麼回事……？」

「妳沒事吧？」

「嗯……那頭魔物呢……」

「看起來……不在這裡吧。」

西格瑪感覺不到那名吸血種的氣息。

這樣反而讓他覺得毛骨悚然。

「……可是，他最後說了聽起來很危險的話……」

聽到刺客的話語，西格瑪試著回想自稱捷斯塔的吸血種說過什麼。

──「我會期待那片美麗的景致……被你們親手徹底弄髒的樣子喔。」

「或許有什麼陷阱存在。我們乍看下雖然沒有受傷，但是衣服或是肉體有可能已經被埋入了某種術式。」

「他為何要做這些拐彎抹角的事？趁我們失去意識的時候收拾我們不就好了？」

「興趣糟糕的傢伙到處都是，我的上司之一也是如此。不過那名吸血種的興趣，肯定可以列入低級惡劣的範疇裡。」

西格瑪淡然地驅使體內的魔力，精密地檢查是否被施加過詭異的術式。然後就像順便說說一樣，舉出一件惡劣興趣的實例。

「假裝放對方一條生路，結果已經對那個人下過暗示，讓對方在回到家的瞬間手刃自己的妻子小孩——使用魔術的人之中就存在這種人。這樣做並沒有特別的意義，就只是拿對方的反應取樂而已。」

已經遺忘「要窮究魔術」這個原本的目的，只把魔術當作生意道具，或是為自己取樂而用的一群人。

在被蔑稱為「使用魔術的」的這個族群內，屬於尤其惡毒的人之中，有許多人會做出這種事。不過，魔術師就是只要能符合「為了窮究魔術與神祕」這個目的，不管再殘酷惡毒的事都幹得出來的族群，所以也難以斷言「魔術師」與「使用魔術的」這兩者是誰比較棘手。

對西格瑪舉出的例子露骨地皺了眉頭的刺客，朝西格瑪輕輕抬起手，利用與「瞑想神經（Zabaniyah）」連繫著的魔力感知能力，確認西格瑪體內是否存在異常的魔力類事物。

「……你體內看起來並沒有被施加可疑的術式。但我無法識破不含魔力的精神性楔子那類的把戲……」

「啊啊，我也用自己的方式分析過沒問題了。妳才是還好吧？」

「安然無事。」

只能相信刺客沒有說謊的西格瑪，立刻要重新查看周遭狀況——這時候，他察覺到不協調的狀況。

「……？」

照以往的發展傾向來看，當他醒過來的瞬間，「影子」——看守中的某個人應該至少也會挖苦他一兩句話才對。

但是現在不只不見影子們的蹤影，甚至連在這兩天左右勉強感覺得到的，與使役者之間的魔力連結也明顯變淡了。

「這是……」

西格瑪嘗試用念話叫喚影子們，但是沒得到回應。

感覺得到有類似反應的現象，但是就像網路的連線塞車了一樣，無法好好地交換情報。

「你怎麼了？」

「……我沒辦法聯繫我的使役者。但應該不是死掉了……」

「槍兵嗎……既然不是消滅了，最壞狀況就是用叫令咒的玩意兒傳喚過來吧。」

——令咒……該用嗎？

——用了的話，會發生什麼事呢？

——影子們說過看守位於高空，不過……

從刺客算起，西格瑪一直都對周圍的人宣稱自己的英靈是「槍兵卓別林」，藉此含混過去。

還不清楚看守真面目的西格瑪，一邊思考使用令咒的時機，一邊沉思。

「……GPS沒起作用呢。」

確認過自己裝備上的電子裝置有在運作後，西格馬看了座標，特定出這裡的位置。

「從與水晶之丘的位置關係來看也不會有錯，這裡是史諾菲爾德的一區，史諾貝爾克市區的住宅區。」

史諾菲爾德過去曾有分成幾個小城市的時期，是最後才統整成一個大都市自治體。這個史諾貝爾克市區保留了當時的都市名稱，是個高級住宅區。而且據說城市裡的大多數名人都住在這一帶。

「我們先離開這裡吧。要是屋主以為我們違法入侵而對我們掏槍，事情會很麻煩。」

畢竟為兩人準備枕頭與毛毯的人，不一定會是屋主。

西格瑪意識到史諾菲爾德是位於全美國中，槍械管制程度最輕緩的一州，於是準備往道路移動——但在他確認這片庭園是歸誰所有之前，座落其中的宅邸已經敞開了大門。

「……哎呀，你們醒啦？」

從宅邸中出現的人疑似東洋人，是一名長相和藹可親的男人。

西格瑪看到對方的臉後，表面上一派自然，卻暗自警戒起對方。

他見過那張臉。就在法迪烏斯與法蘭契絲卡事前交給他的照片資料中。

「你是誰……？」

雖然自己與刺客或許已經違法入侵，還先開口問對方的名字實在沒禮貌，但現在不是在乎禮節的時候——西格瑪下定決心後，為了發生萬一時能隨時展開反擊，他一邊調整架勢一邊詢問對方。

但是男人毫無不開心的反應，並溫柔一笑地報上自己的名字。

「喔，你們好。我叫做繰丘。在這一帶的私立圖書館中任職館長。」

和資料上的情報一樣的答案。

繰丘夫妻表面上的頭銜，是附近某所會員制私立圖書館的館長。他們在史諾菲爾德中，一直極其所能地以不起眼的方式建立了一定程度的地位。

——繰丘……

——不就是那名住院中的少女的父親嗎？

——那麼說，把我們叫進這裡的就是這個男人？

——他知道女兒的狀況嗎？或者是他在背底裡穿針引線……雖說是迫於沒時間，但還是應該從看守的觀測結果中，優先詢問繰丘的事情才對啊。

看守的能力之一是「掌握城市中正在發生的事情狀況」。

但是僅限於視覺與聽覺能辨識的事情，無法連目標心中的想法都得知。情報量雖然龐大，但由於只能以「詢問影子」的方式共享情報，所以西格瑪必須像利用網路查詢資料那樣，親自詢問影子自己想知道的情報。

但是，由於現在無法聯絡那些影子，關於眼前男人的情報，可以說是壓倒性地不足。

西格瑪認為「對方應該不知道自己這邊的情報」，但也不覺得有必要報上假名，所以決定先以問候的方式窺探對方的應對態度。

「……我叫做西格瑪。說來丟臉，我們不知為何會在這片庭園中失去意識。雖然還記得昨晚在街上感到身體不適，但之後的事就……」

「喔，是那樣啊。你不用介意。小女好像是今天早上發現兩位倒在庭園裡。我剛才還在和內人討論是否要把兩位移到床上休息呢。」

——……一般都會先找警察協助，或直接打九一一報案吧……

西格瑪雖然覺得疑惑，但總之先肯定對方的說法，予以回應。

「原來如此，是令千金為我們蓋上毛毯的吧？」

說完，自稱繰丘的男人身後出現一名女性。她也是用和藹可親的笑容回應西格瑪的提問。

「對呀，那孩子真是的。我看她搬出毛毯，還以為她又發現闖進家裡的小狗狗了呢……誰知道發現的居然是人啊。」

婦人的表現乍看流暢自然，但西格瑪總覺得氛圍空虛，缺乏生氣。

彷彿證明了他的感受準確一般，刺客壓低音量，只向西格瑪小聲地說道：

（小心一點。男的女的都一樣，他們似乎中了某人的暗示。）

西格瑪也明白了這件事。

那麼，只要出現與這個狀況相反、「沒有身陷暗示」的人物，那個人就是首要該懷疑的人物吧。

西格瑪判斷至少也得察覺那名人物的意圖才行，不然會很危險。但是——

比西格瑪想像得更快，那名「狀態正常的人」馬上出現在眼前。

「大哥哥，大姊姊……你們還好嗎？」

似乎會怕生，一名少女忸忸怩怩地從母親身後探出臉。

不知是否年滿十歲了，總之年約十歲上下。稚氣尚存的少女慢慢從母親身後走出來，慌張地以自己的意志向西格瑪低下頭說道：

「我、我叫繰丘椿！」

那是正在住院，而且陷入昏睡狀態的少女的全名。

刺客與警察隊都想拯救那名理應正被某名使役者依附其身的少女——此刻正健健康康地佇立在西格瑪眼前。

比西格瑪思考這件事所代表的意義還要更快——少女看向西格瑪與刺客的身後，開口說道：

「在你們身後的，則是我的好朋友黑漆漆先生！」

與此同時——

至今不曾感受到的奇妙氣息，在西格瑪與刺客的身後膨脹起來。

「！」

兩人立刻回頭一看——巨大樹木的陰影中坐鎮著漆黑的團塊。

面對這個勉強能看出人型輪廓的巨大「影」之團塊，西格瑪與刺客以最大的警戒向對方擺出架勢。不過——

從身後傳來的椿的聲音，在兩人耳邊響道：

「他雖然長得很高大，可是一點也不可怕喲！」

×　×

「我好期待呀～」

有個人影，正從遠方觀測著這場邂逅的情形。

是呈現著與椿為相同世代，少年模樣的死徒捷斯塔。

「當妳發現這裡是世上最幸福的地獄時，會露出怎樣的表情呢？」

他一邊露出與少年外形一點也不搭的陶醉笑容，一邊說道：

「再『理解』到，除我以外的人『不殺死繰丘椿就無法離開此地的時候』——」

「刺客姊姊啊……到時妳會怎麼做呢？」

接續章

「某日，在大樓之上」

第四天　早上　水晶大樓最頂樓

「妳……還不打算放棄嗎？」

和藹的聲音在賭場旅館「水晶之丘」的套房裡響起。

這裡是緹妮等人的魔術工房……與其這麼形容，從呈現的氛圍來看，說是英雄王陳列擺飾的博物館，或者展覽室還比較合適。這個空間內，正不斷旋繞著龐大的魔力。

處於其中的人，是直到一天前都還是吉爾伽美什主人的少女——緹妮．契爾克。

她的身體，現在正化為只是讓來自靈脈的魔力通過的路徑。

流入體內的龐大魔力不只侵蝕著全身的迴路，甚至連血管、神經、骨頭都是侵蝕的對象。

但是即使如此，緹妮也沒有止住魔力的流動。

她已經在這裡站了整整一天以上，兩手舉向畫在地板中央的特殊魔法陣。

一道中性的聲音從維持這個狀態的緹妮身後傳出，向她說道：

「……剩下兩小時又三十四分鐘。這是妳的迴路將被燒盡的所剩時間。」

聲音雖然聽起來和靄，卻也帶有一種機械般的冷漠感。

那道彷彿死神的聲音，響徹緹妮的心靈。

「之後要是不做任何處理，約莫十三分鐘後妳的生命活動就會停止。不過也得要我的計算方式，完全適用於這個時代的系統才行。」

緹妮將那名死神——恩奇都的話語當作真實接受，但仍然不停止魔力的釋放。

恩奇都——任憑微微閃耀的黃綠色髮絲隨風飄逸，強力無比的槍兵。

他佇立在緹妮身邊，露出難以形容的寂寞眼神，凝視倒在魔法陣中心那具一動也不動的亡骸上。

亡骸——這樣形容有些不正確。

那個是——直到兩天前的夜晚都還是閃閃發光的王之靈基，目前處於持續趨向死亡，卻也不算還活著的狀況。

奇妙的虹色沉澱物從胸部上被貫穿的洞孔侵蝕其中，那些沉澱物又與自箭傷擴散開的九頭蛇毒相互侵蝕，混合在一起。

要是放置不管就會漸漸崩毀的肉體，現在能勉強抑制住是因為緹妮·契爾克對肉體灌注龐大魔力，強硬地用壓力抑制靈基不讓其分散。

「我才不放棄……我怎麼可能放棄……！」

緹妮的這句吶喊，與其說是在回應恩奇都剛才的疑問，更像是說給她自己聽的。

對如此述說的少女，恩奇都沒有回以憤怒或者哀傷的言詞，只是淡然地陳述事實。

「要是吉爾還活著，他八成會說出這種話吧——『雜種，妳該不會要說是因為妳的不成熟才會導致吾王敗北這種自大的話語吧？』」

「那種事我當然明白！可是……就算會被王責備不敬，或者遭到處刑，我也不能在這裡放棄一切……！」

嗷嗚。房間裡響起微弱的鳴叫。

銀色的狼輕輕地靠在緹妮的腳邊後，看著恩奇都。

「……主人，這個女孩和那名叫綾香的女孩不一樣，是你討厭的『人類』喔。真的可以嗎？」

對於恩奇都的疑問，銀狼再次發出微弱的鳴叫，並直接趴在緹妮身邊。

「我明白了，主人。你真溫柔。」

恩奇都輕輕蹲下，將手放到銀狼的背上，並將另一隻手搭上緹妮的右肩。

然後，從銀狼的身體裡湧現龐大的魔力，包住緹妮的身體。

「這個……是……？」

「我的主人用魔力抑制了妳自身肉體的崩毀狀況。雖然只能維持一段時間，但應該能撐得比我計算的時限更久才對。」

「為什麼……」

恩奇都沒有回答緹妮。他看著被從土地的靈脈拉出的龐大魔力殼包住的友人亡骸，喃喃說道：

「彷彿冥界的牢獄一樣。埃列什基伽勒要是看到這些，會說些什麼呢……」

然後，將手伸進殼中。

曝於魔力奔流中的手雖然被融解翻起了皮膚，但是隨即就立刻再生。恩奇都的手在這樣的過程間抵達中心，觸摸到吉爾的胸膛。

「我想借助你的力量，吉爾。要是你還能甦醒，我希望你醒醒。」

英雄王的靈基正在消失。

就算使其復活，目前「國王的寶物庫」是被關閉的狀態，也沒辦法順利解毒。即使如此，恩奇都對這名生涯的摯友流露一絲感情說道：

「在我生為我以前，我曾經遇過的那個人……我想拯救『她』的靈魂。」

然後，恩奇都慢慢起身後往窗外看去。直到昨天都還是自己根據地的森林，如今正遭受並非自己的別的魔力侵蝕。恩奇都一邊看著森林，一邊向那變質的中心問道：

「妳……在那個靈基的深處嗎？」

過去。

比生前更遙遠的過去。

「還是說，已經連同那片花田，一切都沉於虛無了呢？」

恩奇都一邊回想著比誕生於這個世界更久遠以前的往事，一邊靜靜地喃喃自語。

「我……不對，這次，我『們』一定會將妳——將你『們』……」

不讓任何人看到感情地，恩奇都喃喃道出那個名字。

曾經邂逅，拯救了自己靈魂的那個人的名字——

最後再相見時，與摯友兩人一起消滅掉，無法拯救其靈魂的「人類」名字。

「……妳還存在於那裡嗎？……胡姆巴巴？」

Next episode [Fake06]

CLASS
劍兵

主人(?)	沙條綾香
真名	「獅心王」理查一世
性別	男
身高、體重	178cm 66kg
屬性	秩序、中庸

肌力	B	魔力	B
耐力	B	幸運	C
敏捷	EX(B~A++)	寶具	A

保有技能

獅心：A

體現出獅心的技能。對任何事物都無所畏懼的勇猛所化成的能力。
這個技能會喚起敵人心中的畏懼與警戒心，並且提昇己方的士氣。

驥足百般：A

源自理查在武藝、藝術、戀愛等等各種分野展現才華的逸事。
生前喜好的事物在Ｂ級以上，新學習的事物也能比平常更快駕輕就熟。

神速：A

因其行軍速度，以及在戰場上電光石火的表現而刻劃於靈基的技能。
戰鬥持續越久，敏捷的數值就會上昇得越高。

職階別能力

對魔力：B　騎術：A

寶具

Excalibur
恆久遙遠的勝利之劍

等級：D～A+　類別：對軍寶具　範圍：1～99　最大捕捉：1～1000

理查在生前得到的「神祕」。是源自他對亞瑟王傳說的憧憬，以及想成為傳說的繼承者而貫徹信念生活的結果。那份力量，是結合理查會將所有得到的武器命名為「Excalibur」的傳說而寶具化的結果。所有得手的武器都能當作聖劍使用，雖然威力會依據武器不同而有所改變，但絕對不會達到正牌「星之聖劍」的境界。即使握在手上的是貨真價實的聖劍也一樣。

Rounds of lionheart
向圓環十字奏響獅子吧

等級：A　類別：對軍寶具　範圍：－　最大捕捉－

可將生前的有緣人士，以近侍、隨從，或者是指導者等等形式，以自身靈基作為觸媒將其顯現的寶具。根據主人的魔力量以及受到召喚時的土地之素質，能喚出的數量也會改變。雖然連在台座留有紀錄，具備英靈身分的人物都能喚出，但是顯現出來的英靈，會比正常受到召喚時的狀態更弱。能助理查一臂之力，但由於要持續顯現必須耗費大量的魔力，要像平常的英靈一樣行動實際上近乎不可能。

CLASS
術士

主人	奧蘭德·利夫
真名	亞歷山大·大仲馬
性別	男
身高·體重	182cm 82kg
屬性	中立、中庸

肌力	C	魔力	EX
耐力	D	幸運	A
敏捷	E	寶具	B

保有技能

觀察時代：A

並非觀察人類，而是觀察整個時代潮流，並將其所見寫進作品裡的技能。
這個力量比起用在自己身上，更常用於執筆小說的內容當中，因此對私生活沒造成多大影響。

美食家：A

表現出具備從垃圾食物到宮廷料理等，各式各樣的料理知識、相應的調理技術，
以及敏銳味覺的技能。料理所需要的狩獵技術、捕魚技術也包含在內。

無辜的怪物：E

從父親的勇猛到關於著作權的裁判，甚至死後的諸多爭論——這些街頭巷語或經由後來的作家（或者是大仲馬本人）創作之傳記等等而成名的逸事，影響了技能的強度。由於大仲馬的逸事真偽——像是針對抄襲騷動的發言究竟存不存在等，至今仍然在進行考究，因此技能等級很低。

職階別能力

設置陣地：E　製作道具（改）：EX（根據對象媒介為A+～E）

寶具

Musketeers' masquerade
火槍手們，挑戰風車吧

等級：根據對象媒介為 E ～ A+　類別：對人寶具　範圍：1 ～ 99　最大捕捉：1
一次召喚中僅能使用限定次數的寶具。可藉由「執筆、改稿」將自己的親身體驗、創作物覆蓋過對象的人生。一次限一名，可將對象力量提昇數倍至數十倍。是支援他人型的寶具。
由於是強化挑戰強大力量之人，通常只會對人類有效。

Grand Dictionnaire de Cuisine
漫無止境的食遊綺譚

等級：A　類別：對物寶具　範圍：－　最大補充：－
將大仲馬生前多次參與合著、改稿作品的經歷、遺作《料理大辭典》，及曾在某時期身為「與古代遺跡有關的發掘調查博物館的統籌負責人」的經歷作為基礎的寶具。這個寶具不僅強化了術士的職階能力，將「製作道具」提昇為「製作道具（改）」，並且具備將既存物品的傳說逸事，拿來提昇自己製作之物品的「等級」，化為模擬性寶具的能力。
假如手中的遺物本來就有A級以上的水準，由於該遺物的傳說逸事屬於「完成狀態」，這種情況下將無法進行加工。

後記（由於會大幅洩漏本篇劇情，因此推薦在閱讀完本篇後觀賞）

大家好，我是成田。好久不見了。

首先必須向大家致歉，出版的間隔拖了非常久……！

明白自己罹患了國家認定的指定重症（不至於死掉，但也很難治好）後，雖然住院了幾個月，但我應該還好好的！

話雖如此，我的身體狀況如何與各位讀者並沒有任何關係，所以還是要再次致歉。讓各位等待了很長一段時間，真的非常抱歉……！

因為這次執筆的間隔非常久，而且是不斷反覆一邊試誤一邊寫作，所以刪掉的部分也相當多。像大仲馬與「他」的對話場景，我一開始將兩人從相遇到分開的過程寫得鉅細靡遺，結果內容比現在的成品還要多上三倍，寫得太多會壓縮到主要角色的篇幅，所以才縮減為現在的長度。我會再伺機利用這些部分。

登場的英靈們就像前面幾集一樣，是我多方面參考過各式各樣的資料、傳記小說，以及街頭巷語寫出來的，但若發現正文中有與那些大量資料不同的部分，希望各位不要計較，就當作是我為了讓故事精彩而做的處置吧。
關於在本集最後一幕出現名字的英靈，是我從開始執筆這個系列以前就一直在醞釀的存在，事前就已經滿載各種設定了。

四年前的我：「說真的，要是○○○○在吉爾伽美什面前出現，會有怎麼樣的反應啊？」
四年前的奈須老師：「就像貝○塔見到賽○完全體，或者變身後的弗○沙那樣的反應吧。」
四年前的我：「請再說一遍。」
四年前的奈須老師：「他會散發冷酷鬼神的氣魄，一邊唔喔喔喔喔地怒吼，一邊把國王的財寶當成能源波連續發射。」
四年前的我：「看來得蒐集七顆（英靈的）靈魂，召喚實現願望的龍種了……！」

自從交流過那種對話後，已經經過了很長一段時間。
畢竟又經歷了ＦＧＯ第七章以及EXTELLA，英雄王現在的形象也有所改變了吧——但我認為最核心的感情不會改變才對。不過，奈須老師在經過執筆ＦＧＯ後，或許也不是四年前的那個奈須老師了，那拜託他審訂故事應該沒問題——

奈須老師：「這次的Ｆａｋｅ……你犯了一件致命錯誤喔……說了很像在潑你冷水，但是這關係到重要的設定，原諒我不得不指摘你了。」

我：「（咿！老師從來沒有那麼嚴肅過耶！我完蛋了！）請、請說。」

奈須老師：「關於理查媽媽說『於是亞瑟王的聖劍（中略）將梅林扔出去撞回月亮（以下略）』的這段，你沒有寫進『乘坐鐵製巨像的魔術師莫德雷德雖然飛上空中對卡美洛進行轟炸，卻被聖劍驅逐到宇宙去了』這麼有名的橋段讓我好遺憾啊……不過我已經享受夠了，這邊維持這樣也沒關係喔！」

我：「哇、哇啊～那的確是致命錯誤耶～！還有『只要距離在一百二十碼之內，崔斯坦都能一桿進洞地神準砍中對手的要害。這時演奏的樂譜〈吳龍譜(Goryuuhu)〉就是高爾夫一詞的語源』我也忘記寫進去了ＹＯ！」

即使經歷了ＦＧＯ，現在的奈須老師仍然與四年前一樣沒有改變，讓我非常放心。雖然我覺得我們的對話調調完全沒變反而才是問題啦……不過那是另外一回事。

總而言之，雖然我的身體現在每個月仍然要打兩次點滴才能維持健康，但我會連同其他的工作一同努力，請大家多多關照！

而那個「其他的工作」——就是這次同月發售活動（註：此指日本發售情形），我以原作身分參與的三部作品。分別是正在《YOUNG GANGAN》連載的《屍體如山的死亡遊戲》、在MAGAPOKE連載的《黑羽與虹介》，以及目前正在WOWOW播映連續劇，並在comico以合作漫畫形式連載的《蟲籠之鎖》，請大家多多關照！

那麼，在史諾菲爾德舉行的聖杯戰爭終於出現了第一名「敗北者」，故事也終於攀上最高點，再來就是以相同的節奏一路往下推進了。

接下來的第六集，將會充分描寫本集末出場的法蘭契絲卡，以及連續兩集都少有機會出場的真騎兵並推進故事，請各位再靜待一會兒吧！

以下是向各位關係者致謝的部分。

因為截稿日的關係，這次也被我添了許多麻煩的責編阿南，以及出版社的各位。

以小山為首，為我安排進度表的ⅡV的各位。

為這集中與大仲馬對話的「他」的台詞監修內容的櫻井光老師，以及許多與「Fate」相關的執筆作家&漫畫家們。

以三輪清宗大人為首，為我考證特定使役者之設定的Team Barrel roll。

幫忙我考證圍繞艾梅洛二世的魔術世界設定，並提供諸多意見的三田誠老師。（恭喜！《艾梅洛閣下Ⅱ世事件簿》動畫化！費拉特也要登場了，萬歲！）

在視覺圖方面提議了各種好提案，這次也描繪了傑出插圖的森井しづき老師。

最重要的是，創造出名為「Fate」的作品，為我監修故事的奈須きのこ老師&TYPE-MOON的各位，還有讓我以執筆恩奇都幕間故事的形式，參與作品製作的Fate/GrandOrder的各位工作人員——最後是拿起本書，閱讀到這裡的各位讀者。

真的非常謝謝你們！

2019年2月　「昨天看過《Code Geass 反叛的魯路修》的電影後，現在仍然興奮不停」

成田良悟

國家圖書館出版品預行編目(CIP)資料

Fate/strange Fake / TYPE-MOON原作；成田良悟作；
小天野譯. -- 初版. -- 臺北市：臺灣角川, 2020.05-
冊；　公分. -- (Kadokawa fantastic novels)
譯自：Fate/strange fake
ISBN 978-957-743-750-1(第5冊：平裝)

861.57　　109003319

Kadokawa
Fantastic
Novels

Fate/strange Fake 5

（原著名：Fate/strange Fake 5）

2020年5月27日　初版第1刷發行
2024年4月25日　初版第2刷發行

作　　者：成田良悟
原　　作：TYPE-MOON
插　　畫：森井しづき
日版設計：WINFANWORKS
譯　　者：小天野

發 行 人：台灣角川股份有限公司
總　　監：呂慧君
總 編 輯：蔡佩芬
主　　編：林秀儒
編　　輯：黃怡珮
設計指導：陳晞叡
美術設計：莊捷寧
印　　務：李明修（主任）、張加恩（主任）、張凱棋、潘尚琪

發 行 所：台灣角川股份有限公司
地　　址：104台北市中山區松江路223號3樓
電　　話：（02）2515-3000
傳　　真：（02）2515-0033
網　　址：www.kadokawa.com.tw
劃撥帳戶：台灣角川股份有限公司
劃撥帳號：19487412
法律顧問：有澤法律事務所
製　　版：尚騰印刷事業有限公司
ＩＳＢＮ：978-957-743-750-1